A Manolo Barbadillo,
a quien tanto debe fray Perico
en su feliz andadura.

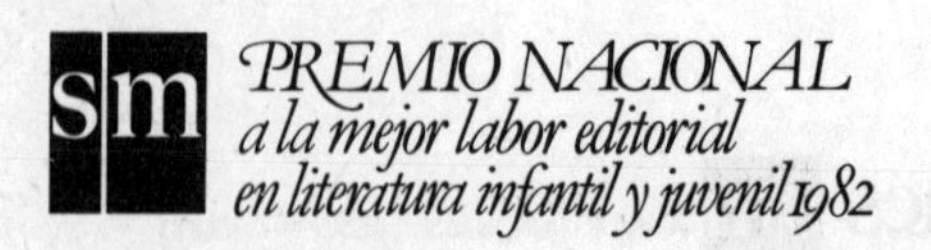
sm
PREMIO NACIONAL
a la mejor labor editorial
en literatura infantil y juvenil 1982

Fray Perico en la guerra

Juan Muñoz

ediciones sm Joaquín Turina 39 28044 Madrid

Colección dirigida por **Marinella Terzi**

Primera edición: agosto 1989
Segunda edición: diciembre 1989
Tercera edición: marzo 1990

Ilustraciones: *Antonio Tello*

Ediciones SM
Joaquín Turina, 39 - 28044 Madrid

Comercializa: CESMA, S.A. - Aguacate, 25 - 28044 Madrid

ISBN: 84-348-2886-3
Depósito legal: M-7744-1990
Fotocomposición: Tecnicomp, S.A.
Impreso en España/Printed in Spain
Imprenta SM - Joaquín Turina, 39 - 28044 Madrid

1805... 1806... 1807...

Una a una, lentas y alegres, caían las hojas del calendario en aquel pequeño monasterio.

Hoja a hoja, segundo a segundo, llegaron los días del año 1808. Unos días que serían terribles.

¡Había llegado la guerra!

Por los caminos se perdieron los últimos carros. Los rebaños de ovejas huyeron. Enmudecieron las abejas, las cigarras y los pájaros.

Por los caminos aparecieron de pronto los morriones de los soldados franceses. Decían que venían a salvar España, a salvar al rey, a traer los aires nuevos de Europa.

Pero trajeron la guerra.

Era el verano de 1810. Los enemigos llegaron al convento de fray Perico, lo saquearon y siguieron camino de Salamanca.

1 *La siesta*

ESTABAN los frailes durmiendo la siesta a pierna suelta, pues estaban molidos de tantas emociones, de tantos días sin pegar ni despegar ojo, de tantos saltos y sobresaltos, cuando, ¡pum!, un cañonazo, y adiós el ciruelo donde estaba durmiendo fray Mamerto.

Los frailes siguieron roncando.

¡Pum!, otro cañonazo, y la bala se llevó la pluma de fray Olegario.

Los frailes dieron media vuelta y siguieron con su bendito sueño.

De pronto, se oyeron unos gritos:

—¡Que se llevan a San Francisco!

Los frailes dieron un brinco.

Eran las voces de fray Perico, que corría detrás de unos carros que iban dando tumbos camino abajo, en dirección al río.

Los carros corrían y corrían llevándose las cosas más queridas del convento: los floreros de Talavera, cuatro jamones, el gato, un cuadro que decían era de Zurbarán, con un fraile muy serio;

cinco candelabros de plata, dos sacos de almendras, el reloj inglés de pared donde cabía tan ricamente un fraile durmiendo, no sé cuántos libros rarísimos de fray Olegario, la colección de mariposas de fray Procopio, dos pellejos del mejor vino de fray Silvino, cien tarros de miel de fray Ezequiel... y ¡para qué seguir! Lo peor era lo de San Francisco.

—¡Que se llevan a San Francisco!

La voz hacía eco en los claustros vacíos:

—¡San Franciscoooooooooo!

—...ciscoooooooooo!

—...coooooo!

—...oooo!

Fray Tiburcio no lo pensó dos veces. Se levantó de un salto y salió corriendo escaleras abajo, sin ponerse siquiera las sandalias. Entró en la fragua, cogió el martillo y salió a todo correr hacia el camino de los almendros, por donde huían los carros en dirección al pueblo.

2 *¡Que se llevan a San Francisco!*

EL tío Carapatata, que estaba cargando de patatas su tartana en el patio del convento, se quedó patidifuso.

—¿Dónde va usted tan co...?

No pudo terminar. Fray Cucufate salía de la chocolatería empuñando el molinillo del chocolate y, ¡cataplum!, fue a darse de narices con fray Opas, que acudía con el cepillo para sacudir estopa.

Por la puerta del abejar salió fray Ezequiel con el cucharón de la miel, y fue a chocar con fray Rebollo, que empuñaba el rodillo de amasar bollos.

Por la ventana de la torre asomó la cabeza de fray Olegario, que estaba buscando su pluma, que no era otra cosa más que un simple pluma de gallo.

—¡Mi pluma, mi pluma!

Pero los frailes no estaban aquella tarde para escuchar las quejas de fray Olegario. En otras circunstancias hubieran corrido tras la pluma, como lo habían hecho en otras ocasiones tras las mariposas de fray Procopio o tras los famosos ratones de fray Perico. Hoy no.

Las voces de fray Perico seguían resonando:

—¡Que se llevan a San Francisco!

Por las escaleras continuaban apareciendo frailes y más frailes. Fray Pirulero, el cocinero, con la mano del almirez; fray Balandrán, el sacristán, con una espada que le había cogido a San Sebastián; fray Simplón, el gordinflón, con un azadón, y fray Jeremías, con las tijeras de la sastrería. Acudieron todos en son de guerra y, cuando fueron a salir al camino, encontraron la puerta cerrada.

—¿Qué hacemos?

—¡Saltar la tapia! —gritó fray Sisebuto.

El primero que saltó fue fray Pascual, que se cayó y se quedó colgado de un peral. El segundo fue fray Olegario, que al saltar se hizo un lío con el rosario. El tercero fue fray Simplón, que estuvo a punto de romperse el esternón.

Al fin salieron todos. Pero ya era demasiado tarde: los franceses desaparecían, entre nubes de polvo, por el puente del Cañero.

Se oían sus voces y risotadas. Aún se veía la última rueda, cuando fray Sisebuto, cogiendo un grueso terrón de un barbecho, dijo:

—¿Disparo?

—¡No! —gritó fray Nicanor.

Pero ya era tarde. El pegote le dio al último soldado en el cogote.

Los frailes vieron con tristeza cómo las blancas barbas de San Francisco se perdían entre los árboles. Las largas mangas de su hábito parecían decir adiós al convento, del que no había salido desde hacía cuatrocientos años.

3 *El castillo*

HABÍA allí, en lo alto del monte cercano al monasterio, un viejísimo castillo del tiempo de Maricastaña, lleno de ratones y de telas de araña. Aún conservaba torres, arpilleras, pasadizos y galerías, y por él corrían los fantasmas como Pedro por su casa.

¡Qué miedo en las largas noches de invierno!

Por San Juan bailaba una sombra en el torreón mayor. Las viejas decían que era Teodoro, el alcalde moro, que murió ahorcado por no descubrir la puerta del tesoro. La noche de San Lorenzo se veía bailar a tres encapuchados. Eran tres comuneros cabezotas que el rey Carlos I había mandado decapitar. La noche de ánimas le tocaba gritar a la mujer emparedada, que nadie sabía dónde estaba, pero que no hacía más que chillar:

—¡Sacadme de aquíiii! ¡Sacadme de aquíiii...!

Esto no se lo creía nadie por la mañana, cuando el sol resplandeciente y dorado de Salamanca atizaba contra los sillares del castillo. Pero al atardecer, cuando salían los murciélagos, y las viejas de Ledesma, Alfaraz o Fermoselle comenzaban a darle a la lengua contando esas cosas tan horrorosas, los chicos, temerosos, se metían debajo del colchón, con la piel más blanca que la de una gallina.

Al que no se le puso carne de gallina al pensar en irse al castillo fue al tío Carapatata. Como vio que los franceses, gallina que veían gallina que desaparecía, chorizo que se encontraban chorizo que se zampaban, cogió y echó este pregón por las calles del pueblo:

—¡Tararíiiii! ¡De parte del señor alcaideeee... que sus llevéis las cosaaaas..., que cerréis las puertas con llaveeee... y que no quede naideeee...!

La gente no aguardó al segundo tararíiii. Cogieron los jamones, los sacos de judías y todo lo que pescaron, y corrieron al castillo como alma que lleva el diablo. A todo esto, los soldados franceses corrían detrás de ellos gritando:

—¡Quietos! ¡Quietos! ¡Venid acá!

Nadie hizo caso. Todos corrían cuesta arriba, buscando el cobijo de los muros del castillo. Llegaron, abrieron, cerraron, y dieron con la puerta en las narices a los franceses, que tuvieron que contentarse con disparar contra la bandera roja y amarilla que el tío Carapatata izaba a toda prisa en la torre más alta del castillo.

4 ¡Sin padre!

FRAY Balandrán tocó la campana y todos los frailes se dirigieron, arrastrando los pies, a la capilla. ¡Qué triste estaba la iglesia sin floreros, sin candelabros, con las flores marchitas abandonadas encima del altar, con los bancos patas arriba! Y, sobre todo, sin San Francisco. Los frailes estaban como sin padre. En la pared a la que había estado arrimada la imagen se notaba una sombra, una sombra con el contorno del santo.

Los frailes cerraban los ojos, como tontos, soñando que aún estaba allí su buen padre, con sus ojos castaños, con su barba espesa. Luego, abrían los ojos y no veían nada. ¡Y qué angustia!

No rezaban. ¿A quién iban a rezar? A Dios, sí, pero ¡Dios estaba tan lejos, allá en el azul, tras los ventanales de colores, viendo cómo se llevaban en un carro a San Francisco, camino de quién sabe dónde!

A los frailes se les hacía un nudo en la garganta. ¡Qué calor pasaría el santo, achicharrado sobre el carro! Seguro que se lo llevarían a una lejana iglesia de Francia para que hiciese milagros. ¡Buena gana tendría él de hacer milagros! ¡Qué triste iba a estar, oyendo rezar en otro idioma, con unas palabrejas que parecía que habían sido machacadas en un almirez, y con lo sordo que estaba por culpa de la gotera...!

En ésas estaban cuando se oyó un ruido en el patio de entrada y llegó fray Perico con la lengua fuera.

—¿Qué te pasa?

Fray Perico quiso hablar, pero no pudo. Fray Jeremías, el de la enfermería, le echó agua bendita y fray Perico se quedó blanco como el papel.

—¡Habla, habla!

Como fray Perico no hablaba, fray Nicanor mandó traer una manta y envolvió al fraile. Fray Perico se puso rojo, quiso hablar, pero se le atropellaban las palabras.

—¡Que lo escriba! —exclamó fray Olegario.

—¡Si no sabe! —interrumpió fray Simplón.

Al fin pudo hacerse entender mediante señas y gestos: parecía que los soldados franceses habían robado algo muy importante. ¿Los floreros de bronce? ¿La imagen que pintó fray Opas, con San Timoteo comiendo sopas? ¿El cuadro de fray Castor, con los tres apóstoles en el monte Tabor?

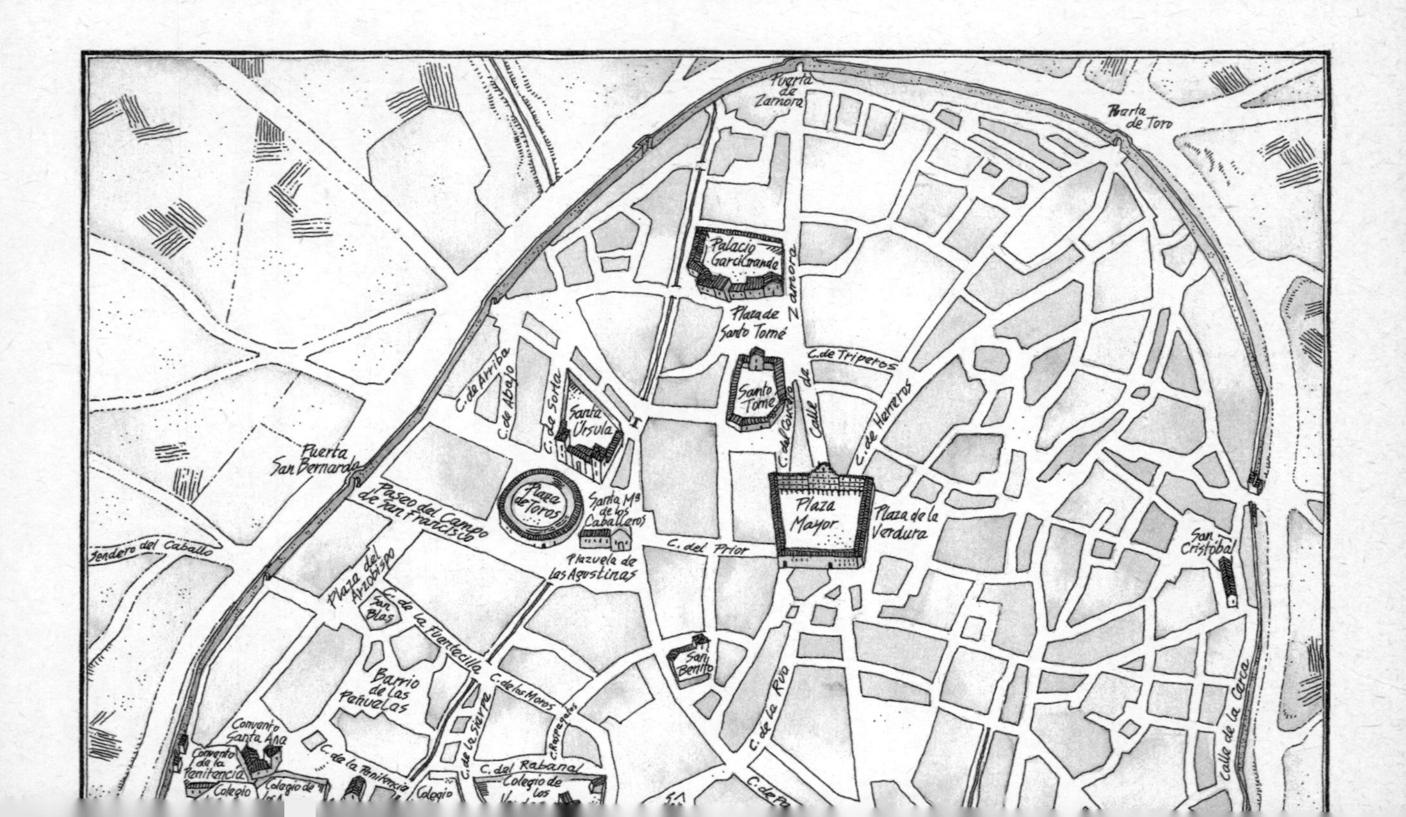

Puerta de Zamora
Puerta de Toro
Palacio Garcigrande
Zamora
Plaza de Santo Tomé
C. de Triperos
Santo Tomé
Calle de
C. del Concejo
C. de Herreros
C. de Arriba
C. de Abajo
C. de Sorta
Santa Úrsula
Puerta San Bernardo
Plaza de Toros
Santa Mª de los Caballeros
Plaza Mayor
Plaza de la Verdura
San Cristóbal
Paseo del Campo de San Francisco
C. del Prior
Sendero del Caballo
Plazuela de las Agustinas
Plaza del Arzobispo
San Blas
C. de la Fuentecilla
San Benito
Barrio de las Pañuelas
C. de los Moros
C. de la Sierpe
C. de la Rúa
Calle de la Cerca
C. Respegatos
Convento Santa Ana
Convento de la Penitencia
C. de la Penitencia
C. del Rabanal
Colegio de los
Colegio

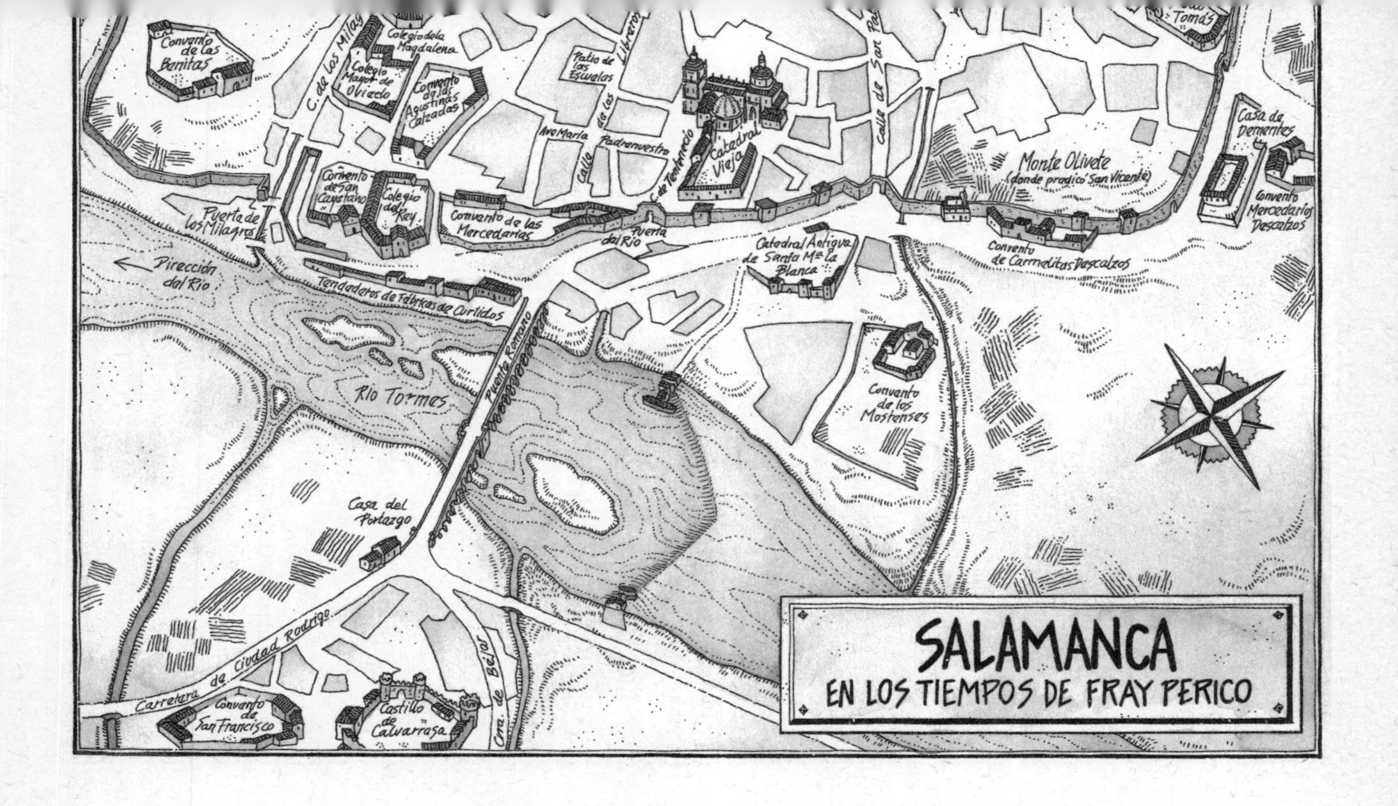
SALAMANCA
EN LOS TIEMPOS DE FRAY PERICO
Convento de las Benitas
C. de los Milagros
Colegio de la Magdalena
Colegio Mayor de Oviedo
Convento de las Agustinas Calzadas
Patio de las Escuelas
Calle de los Libreros
Ave María
Calle Padrenuestro
C. de Tentenecio
Catedral Vieja
Calle de San Pablo
Monte Olivete
(donde predicó San Vicente)
Casa de Dementes
Convento Mercedarios Descalzos
Convento de Carmelitas Descalzos
Catedral Antigua de Santa Mª la Blanca
Puerta del Río
Convento de las Mercedarias
Convento de San Cayetano
Colegio del Rey
Puerta de los Milagros
Dirección del Río
Tendederos de Fábricas de Curtidos
Puente Romano
Río Tormes
Convento de los Mostenses
Casa del Portazgo
Carretera de Ciudad Rodrigo
Convento de San Francisco
Castillo de Calvarrasa
Ctra. de Béjar

5 *Adiós al borrico*

—¡No, no! —negaba fray Perico con la cabeza.

—¿El telescopio de fray Procopio?

—¡No, no!

—¿Los pimientos de fray Mamerto?

—¡No, no!

—¿Los pucheros de fray Pirulero?

—¡No, no!

La cabeza de fray Perico parecía una veleta, girando de un lado a otro.

—¡No, no, no!

—¿El chocolate de fray Cucufate?

—¡No, no!

—¿Pues qué?

Fray Perico se puso las manos sobre la cabeza, como si fueran dos orejas, y lanzó un rebuzno. Los frailes se quedaron blancos como la harina. Quisieron decir:

—¡...!

Pero no pudieron.

Por fin fray Perico consiguió gritar:

—¡El borrico!

Y echó a correr hacia la puerta y se lanzó cuesta abajo.

—¿Qué le habrá pasado? —murmuró fray Nicanor.

Fue fray Olegario el que contó todo cuando logró bajar el último escalón de la dichosa torre, pues, con su reuma, tardaba más de una hora en bajar los sesenta y tantos escalones. Los frailes rodearon enseguida al anciano.

—¿Sabes dónde están?

—¿Quién?

—San Francisco y el borrico.

—Lejos, muy lejos. Más allá del río. Se los llevaron los franceses cuando vosotros dormíais.

—¿Y no hiciste nada para impedirlo?

—¡Ya hice! Empecé a gritar, pero vosotros, roncando. Se oían los ronquidos de fray Mamerto y los de fray Cucufate hasta en la veleta.

—Haber tocado la campana para despertarnos.

—¡Pero si se han llevado hasta la cuerda! Lo único que pude hacer fue tirarles el libro más gordo de la estantería y le di al más ladrón en la cabeza.

—¿Y lo has matado? —se persignaron todos, asustados.

—No. El muy ladrón sólo se llevó un buen susto, un buen chichón y el libro.

—¿Qué podríamos hacer? —preguntó fray Procopio.

—Rezar —dijo fray Silvino.

Los frailes bajaron la cabeza y se dirigieron despacio a la capilla. Se arrodillaron. Pero no rezaron, porque los invadía una pena muy grande, un pesar y una angustia como no los habían sentido antes nunca.

6 *Dos ladrones y uno más*

POR el ventanuco del pajar salían unos ronquidos espantosos. Era que allí estaba durmiendo la siesta fray Patapalo, encaramado sobre cien sacos de paja. Por la claraboya, a esa hora de la tarde, llegaba un dorado rayo de sol que le acariciaba su pierna de palo. Estaba durmiendo a pierna suelta. Los moscones, que entraban zumbando, también salían zumbando, asustados por aquellos bufidos.

Fray Tartamudo estaba durmiendo su siesta en el gallinero, entre gallos y gallinas. De vez en cuando estiraba el brazo, cogía un huevo, lo picaba con un palillo y se lo sorbía tan campante.

Por su parte, fray Rompenarices se había colado por la trampilla de la bodega, y allí, rodeado de cubas, estaba durmiendo la mejor siesta del mundo. ¡Qué hermoso sueñecillo, oliendo y oyendo fermentar el mosto de las cubas de fray Silvino!

—¡Esto es el cielo!

Fray Patapalo, fray Tartamudo y fray Rompenarices eran tres ladrones que hacía poco habían entrado en el convento, sin decir lo que eran. No entendían mucho aquella vida sacrificada de los frailes, pero les gustaba. Había paz y tranquilidad... ¡y los frailes eran tan buenos...! Se pasaban todo el día rezando y trabajando, y, mientras, los ladrones se podían echar una siestecita en cualquier rincón.

Los frailes, por su parte, tampoco los entendían mucho. Les habían abierto los brazos, creyendo que eran unos frailes peregrinos un poco extraños. ¡Aquellas carreras! ¡Aquellos ronquidos! ¡Aquel hambre! ¡Aquel robar las pastillas de jabón! Pero en el fondo eran buenos. ¡Y lo que se reían con sus ocurrencias!

El único que sabía que eran ladrones, los ladrones que un día le habían querido robar el dinero de la venta de la miel al salir de Salamanca, era fray Perico. Pero como se portaban bien, como estaban arrepentidos y San Francisco les había ablandado el corazón, fray Perico callaba y guardaba su secreto: el secreto de tres ladrones con tres buenos corazones.

Pero, ¿qué era eso? ¡Cataplum! Un estruendo... ¡y adiós rayo de sol, adiós ronquidos, adiós tejas, tejados y tejadillos!

La bala de cañón entró por la gatera del tejado, por donde entraba normalmente Pirulín, el gato de fray Pirulero, dio dos o tres vueltas por el pajar y salió tan campante por la puerta, sin decir «adiós, muy buenas». Se coló después en el gallinero, donde roncaba fray Tartamudo. Afeitó a un gallo, dejó negras a siete gallinas blancas e hizo una tortilla de un montón de huevos que fray Tartamudo tenía escondidos en la capucha. Unos polluelos, que ya estaban para salir del cascarón, salieron de estampía, volando como si fueran ruiseñores.

—¡Mi... mi tía! —gritó el fraile, poniendo también pies en polvorosa.

La bala se coló después por el ventanillo de la bodega, agujereó una cuba —la cuba de veinte arrobas—, hizo ¡glu, glu! y salió como un cohete por la espita, que en ese momento abría fray Rompenarices para llenar su bota.

—¡Qué fuerza tiene este vino! ¡Parece champán!

¡Pam! La bala se largó por una ventana y cruzó por entre un montón de sandías que fray Mamerto tenía apiladas junto a la cabaña, bien numeradas para que nadie las robara. En un instante desaparecieron todas, y los frailes se quedaron viendo visiones, que es una manera de quedarse con la boca abierta.

7 *Siguen los ronquidos*

¡CÓMO corrían los tres ladrones por las veredas llenas de sol, con los ojos casi cerrados aún por el sueño! A lo lejos se oía el murmullo de los frailes, que rezaban con una voz que ponía los pelos de punta:

—¡Miserere! ¡Miserere!

—Esto debe de ser el fin del mundo —murmuró fray Rompenarices.

—Pues vamos antes de que se acabe —aconsejó fray Patapalo.

Y se encaminaron, corre que te corre, a la capilla. Llegaron, se sentaron y, pensando que todo había sido un sueño, se pusieron a roncar con la cabeza bajo la capucha, como si nada hubiera pasado. De pronto, fray Cucufate, harto de tanto ronquido, le dio un codazo a fray Patapalo. Abrió éste los ojos, miró y se quedó estupefacto. Sí se hallaba en la capilla, todo estaba en orden, los bancos, los floreros, pero, ¿qué era aquello? ¿Soñaba otra vez? ¡Faltaba la imagen de

San Francisco! Fray Patapalo se inclinó hacia fray Rompenarices:

—¿Dónde está el jefe?

Fray Rompenarices miró, aún adormilado, al altar.

—No sé. Tiene las velas encendidas, pero ha volado.

Fray Patapalo se acercó ahora al oído de fray Cucufate y repitió la pregunta:

—¿Y el jefe?

—Se lo han llevado.

—¿Que se lo han llevado?

—Sí. Los franceses.

—¿Y os quedáis tan frescos?

—¿Qué podemos hacer? Estamos rezando.

—¿Rezando? ¡A Dios rezando y con el mazo dando!

—¿Qué mazo?

—¡Toma, el que sea! El mazo de fray Sisebuto, el martillo de fray Opas, el cuchillo del bacalao de fray Pirulero, el hacha de fray Mamerto... ¡La cosa es dar un buen estacazo!

—¡Dios bendito!

Los frailes, que no hacían más que rezar en voz bajita, se arremolinaron junto a sus tres hermanos.

—¿Qué decís? —preguntó fray Nicanor con voz temblorosa.

—Que en vez de estar repitiendo como unos organillos el *in sécula seculórum amén,* es mejor coger por el mango una sartén...

—¿Una sartén?

—Sí, una sartén.

8 *La sartén*

FRAY Patapalo llamó a fray Pirulero y le pidió que trajera la hermosa sartén con la que freía de una vez sesenta sardinas, y con la que hacía de una sentada cuatrocientas rosquillas tontas del santo, con las que se quedaban ahítos todos los pobres de Ávila, Zamora y Salamanca. Fray Pirulero fue por ella a regañadientes y a regañamuelas y, según venía, se le cayó rodando por las escaleras. Pareció que se venía abajo el convento. Cuando la tuvo en sus manos, fray Patapalo empezó a golpear con aquel extraño utensilio los bancos y la pared de la capilla. Los frailes se tapaban los oídos, aturdidos, y no había quien se entendiese. Pero fray Patapalo dijo:

—Habéis rezado tan bajito que es seguro que el Señor no os ha oído. Fijaos en el ruido que hago con la sartén. Fuerte, ¿verdad? ¡Pues ni siquiera lo han percibido las cigüeñas de la torre!

—¡Caramba, ni que fueran sordas! —protestó fray Mamerto, al que, aunque era sordo como una tapia, le retumbaban los oídos.

Pero fray Patapalo golpeó más fuerte. Tan fuerte que las cristaleras vibraron y, al final, dos o tres terminaron por saltar.

—Ahora sí que el Señor lo habrá oído —exclamó fray Olegario, al que también se le habían partido las lentes de sus gafas.

El fraile asentía con la cabeza. Pensaba que el hermano Patapalo tenía razón. ¡Ya estaba bien de rezar y rezar en aquel dichoso librajo que parecía tener las palabras en chino! A todo esto, fray Sisebuto, con su voz de trueno, rezaba los últimos versículos de David:

—*¡Terríbilis, ut castrórum acies ordinata!*

—¿Con qué se come eso? —preguntó fray Rompenarices.

—¡Con cuchara y cucharón! —estalló impaciente fray Olegario.

En ese momento se oyó un cañonazo, luego un silbido y, al rato, una bala de cañon entró por la puerta izquierda y salió por la derecha llevándose el libro de fray Olegario.

—¡Recanastos! —exclamó fray Olegario hecho un basilisco.

—¿Qué decís? —le preguntó el padre superior, al verle tan excitado.

—¡Que estoy harto de estar con los brazos cruzados! ¡Nos van a tirar el convento abajo y nosotros, aquí, rezando a San Apapucio bendito!

—Rezad, rezad a la Virgen.

—La Virgen ya está hasta las narices también.

—¿Qué decís?

—¿Que qué digo? Ya acabáis de escuchar lo que pone David en labios de María: *Terríbilis ut castrórum acies,* que significa «soy terrible como un ejército».

—Pero eso son cosas de los libros, no se pueden tomar al pie de la letra.

—¡Pues yo sí las tomo!

Y fray Olegario dio un portazo y salió de la capilla. Los tres ladrones le siguieron, y después los demás frailes. Solamente se quedó fray Nicanor, con la cara menos seria de lo que cabía esperar. Se arrodilló ante la Señora, y la vio hermosa, allá en su altar cubierto de flores. Su rostro, benigno siempre, tenía entonces un ceño terrible. El sol se había ocultado tras una nube y la sombra ponía un tinte oscuro en el rostro ovalado de la Señora. El fraile recordó el salmo de David: *Nigra sum sed formosa...,* «soy morena, pero hermosa».

El superior, después de inclinarse ante la Señora, salió corriendo, pues oyó un estrépito terrible que llegaba de la cocina.

9 *Las lentejas*

Y es que, a todo esto, fray Olegario había llegado a la cocina, había abierto la puerta y se había metido en la despensa sin hacer mucho caso a fray Pirulero, que estaba rezando el rosario mientras escogía un cacerolón de lentejas.

Ya sabéis lo que son las lentejas y la de pedruscos que a veces tienen. Pues bien, fray Pirulero cogía un pedrusco y rezaba una avemaría. Cogía otro pedrusco, rezaba otra avemaría; otro pedrusco, otra avemaría... Luego, los lanzaba de un papirotazo por la ventaba al huerto, donde se los comían las gallinas para hacer la digestión.

—¿Adónde vas? —preguntó asustado fray Pirulero.

Fray Olegario no le hizo ni caso. Entró como una tromba, abrió el portillón de la despensa y cogió el primer cacharro que encontró, un embudo, el embudo de la miel de fray Ezequiel.

A las gallinas, que esperaban los pedruscos tras la ventana, se les puso carne de gallina.

—¡Aquí va a haber tomate! —dijo la más vieja.

Todo el gallinero se asomó a la ventana cuando fray Olegario comenzó a soplar por el embudo a modo de trompeta.

—¡Tararíiiiiiii!

Los frailes, enardecidos por aquel clarinazo épico, se lanzaron sobre los cacharros. La cocina retumbaba como cuando fray Pirulero, con botes de tomate y vejigas de cerdo, hacía, allá por la Navidad, sonoras zambombas y estruendosos panderos.

Pero ahora era peor. ¡Ahora era la guerra! ¡Ahora retumbaba en la cocina una algarabía de trombas y trombones, violines y violones, garrafas y garrafones! Fray Olegario sacaba de los vasares bajos y contrabajos, violonchelos y estropajos, que los frailes sacudían a destajo.

Añádase a todo esto a fray Sisebuto, golpeando las perolas y peroles donde fray Pirulero cocía los caracoles; y a fray Balandrán, usando como clarines y clarinetes los pucheros donde adobaba los filetes; a fray Ezequiel, sacudiendo la vasija con las cucharas y cucharillas con las que fray Pirulero removía las natillas.

10 *Zafarrancho de combate*

Y añádase a fray Procopio, martilleando los cazos y las cazuelas donde se guisaban los conejos con ciruelas, y a fray Silvino, que entrechocaba las bandejas donde se limpiaban las lentejas, que si quieres las comes y si no las dejas, y a fray Opas, aporreando el perolo de la sopa, y, por no seguir más, a fray Tiburcio, zurrando la olla en la que fray Pirulero lloraba cuando picaba cebolla.

Todo aquel mare mágnum de frailes dio la vuelta a la cocina y subió hacia el claustro, picando y repicando, soplando y resoplando, haciendo saltar chispas con los tenedores y los cuchillos, molinos y molinillos, palas y palillos, que hicieron vibrar, y casi levantarse, los huesos de los santos monjes que dormían tan tranquilos en sus viejos sepulcros.

Y en ese momento fue cuando apareció, alarmado, fray Nicanor.

—¿Qué pasa? ¿Adónde vais?

—¡Zafarrancho de combate! —gritó fray Cucufate.

Fray Baldomero, el portero, abrió la puerta del convento, saludó firme con la escoba y el sacudidor en ristre, y el terrible batallón se perdió entre los árboles con su estruendo de cacerolas.

—¡Que Dios tenga piedad de nosotros! —murmuró fray Nicanor, elevando su mirada al ver

llegar por el cielo un obús lanzado por los franceses.

El obús se desvió, entró por la chimenea de la cocina y fue a caer en el caldero donde fray Pirulero acababa de echar la última lenteja. El fraile dio un salto y se persignó tres veces. El agua saltó hasta el techo, donde se pegaron no sé cuántas lentejas.

11 *Las aves de San Francisco*

LOS frailes salieron del convento sonando sus cazuelas y tapaderas. Pero antes de abandonar la valla de ladrillos que rodeaba los corrales, los pajares y la huerta, se encontraron con la triste realidad de la guerra.

El palomar de fray Pascual tenía los ventanos rotos y por entre las zarzas volaban las plumas de sus pacíficas moradoras. Un olor a carne asada salía del horno de pan de fray Damián, donde, sin duda, las palomas se habían asado a la parrilla como San Lorenzo. Se veían sus huesecillos esparcidos por doquier. Fray Olegario cogió el embudo y tocó tan fuerte que los frailes se reunieron en un santiamén bajo el nogal de fray Mamerto, un árbol tan grande que tapaba todo el huerto. Daba doscientos sacos de nueces al año, y bajo su sombra se habían acogido aquella tarde las restantes palomas de fray Pascual y muchos pájaros de la comarca.

Las aves asomaban, temerosas, las cabezas, esperando que los frailes las ayudaran.

Fray Olegario, después del trompetazo, miró hacia las altas ramas, se rascó la cabeza y dijo:

—Ahora que estas avecillas fijan los ojos en nosotros, recuerdo el sermón de San Francisco a los pájaros.

—¡No te fastidia! —exclamó fray Patapalo por lo bajo—. ¡Para sermones estamos! Están los pobres pájaros asustados, las palomas asadas en el horno y sus huesos esparcidos por el suelo, y éste les viene con sermones...

Fray Olegario mandó callar a fray Patapalo y sacó del bolsillo el libro de las Florecillas. Lo abrió por el capítulo 12 ó 13 y leyó:

«Y después del sermón dio San Francisco su bendición a las aves y las avecillas se dividieron en cuatro bandadas».

—Pues éstas se van a dividir en dieciséis —murmuró fray Rompenarices, molesto ya de tanto sermón.

Fray Olegario le regañó con la mirada y comentó al hilo de las últimas palabras de San Francisco:

—En cuatro bandadas quisiera yo también que se dividieran estas tristes avecillas y huyeran hasta que se acabe la guerra.

Fray Patapalo masculló:

—Pues si se van las avecillas, no sé qué vamos a comer... ¡Albondiguillas!

12 *El obús*

FRAY Olegario miró severamente a fray Patapalo y siguió leyendo las seráficas palabras de San Francisco:

«De las cuatro bandadas, una salió hacia el mediodía».

—Pues éstas van a salir a la medianoche —murmuró fray Rompenarices.

Nada más decir esto, apareció un puntito en el horizonte.

—¡Viene un obús! —advirtió fray Patapalo.

—¡Es un vencejo! —repuso fray Sisebuto—. Los conozco en el vuelo.

—¡Es un grajo! —afirmó fray Balandrán.

—¡Es un pájaro carpintero! —terció fray Cucufate.

—¡Ya veréis, ya veréis qué martillazo! —insistió fray Patapalo.

El árbol se conmovió hasta sus raíces y todas las nueces se vinieron abajo.

—Ya no habrá que arriñonarse ni andar con escaleras —murmuró fray Patapalo.

—¡Caramba con el pajarito! —exclamó fray Balandrán.

El suelo se había llenado de avecillas malheridas que la explosión había derribado de sus nidos. Fray Olegario abrió el libro de las Florecillas, que aún echaba humo, y dijo:

—Ahora, San Francisco recogería las aves una por una y luego, después de curarlas, haría nidos con paja y los colgaría de los árboles.

Y tal como lo había sugerido fray Olegario, los frailes comenzaron a recoger del suelo las pobres aves. Los que más prisa se daban eran los tres ladrones, que, con mucho cariño, comprobaban si estaban muertas. Y si lo estaban, las metían en sus capuchas, diciendo:

—Al cielo en buena hora, avecillas, pero antes pasad por la parrilla.

Los frailes los miraban muy conmovidos por la grandísima caridad que desplegaban los tres ladrones. Y es que no oían las medias palabras que fray Patapalo susurraba en los oídos de fray Rompenarices:

—Nos las comeremos con medio ajo.

—Mejor estarán con tomate —murmuraba fray Rompenarices.

—Mejor en vinagre, con su poquito de sal —rezongaba fray Tartamudo.

13 De dos en dos

LOS frailes, después de vendar a las aves heridas y colocarlas en sus nidos, abrieron un hoyo junto a la tapia del abejar y sepultaron en él a las que habían perdido la vida. Fray Ezequiel echó la última paletada y regó la tierra con sus lágrimas.

—Ya no cantará el pájaro carpintero por las mañanitas.

—Basta de lloros —exclamó fray Patapalo—. Si seguimos aquí, no cantarán ni pájaros carpinteros ni herreros ni chocolateros. Y, lo que es peor, no oiremos más los rebuznos del asnillo, ni volveremos a escuchar las dulces palabras de San Francisco.

—¿Y qué hacemos?

Fray Patapalo se rascó la cabeza un buen rato y al cabo dijo:

—Parta cada hermano en una dirección, como las avecillas, y busque y remueva debajo de las piedras hasta encontrarlos.

—¿Separarnos? —murmuró fray Olegario—. Jamás en cien años he salido del convento. Miento. Una vez fui tras una mariposa hasta Salamanca. Pero corríamos todos juntos.

Fray Patapalo respondió:

—Yo tengo oído que el bueno de San Francisco mandaba de dos en dos a sus frailecillos, cuando le hacía falta al conventillo.

—Así es —asintió fray Olegario.

—Pues vayamos nosotros también así, y estoy seguro de que San Francisco nos bendecirá.

Decidieron los frailes formar los grupos echándolo a suertes. Haciendo trampas con los naipes, fray Rompenarices consiguió que les tocase a los tres ladrones bajar juntos por el río, donde el humo y la pólvora mostraban que era más dura la batalla.

Fray Nicanor, que se había acercado al ruido de las discusiones, bendijo de mala gana a los tres hermanos, pero ordenó que se les uniera fray Olegario. Y les mandó, por santa obediencia, que no hicieran más que lo que el santo fraile les indicara.

—Lo haremos por santa obediencia —dijeron bajando la cabeza—, pero nos quedamos a la luna de Valencia —añadieron sin que nadie los oyera.

—Dios os bendiga.

—¡Y nos quite los dolores de barriga! —murmuró por lo bajo fray Rompenarices, que era muy mal hablado.

Se despidieron todos con grandes abrazos y el convento se quedó vacío y triste, al cuidado de fray Nicanor, de fray Baldomero y de fray Ezequiel, que volvieron a la capilla mustios y desolados, como los discípulos de Emaús, cuando creyeron que el Señor los había abandonado.

14 *El árbol de la paz*

MARCHABAN los cuatro frailes camino abajo, hacia el río, entre encinas y olivos, y dijo fray Patapalo:

—Bueno sería llevar preparadas, por si fueran necesarias, unas cuantas ramas de olivo, fuertes y hermosas.

A fray Olegario le pareció bien la idea y dijo:

—El olivo es el árbol de la paz. Vayamos agitando sus hojas y cantando alegremente, como los judíos de Jerusalén, «¡Hosanna en las alturas!».

Fray Rompenarices movió la cabeza en señal de desaprobación. Luego, sacando de debajo del hábito la famosa sartén de fray Patapalo, con la que fray Pirulero, el cocinero, solía freír los torreznos, dijo:

—Hermano fray Olegario, las guerras no se ganan con bendiciones ni cañamones, sino con cañones. Acuérdese de la ciudad de Jericó, cómo se ganó a cantarazo limpio.

Fray Olegario tuvo que admitir a su pesar lo

que le decía fray Rompenarices, y, después de examinar la sartén, se la devolvió al fraile y le dijo:

—Toma la sartén y úsala con mucha caridad al servicio de Dios y de los hombres.

—Así lo haré, su reverencia —dijo humildemente fray Rompenarices.

—Pero como no me fío, pruébala en mi cabeza.

Fray Rompenarices le golpeó en la cabeza con mucho cuidado y fray Olegario dijo:

—Golpea con algo más de fuerza. Como si yo fuera tu enemigo. No temas. Hazlo por caridad.

Fray Rompenarices levantó más la sartén y la dejó caer con más fuerza y con mucha caridad.

—¡Ay! —gritó fray Olegario.

El fraile, medio mareado, se sentó en un ribazo, bendijo la sartén y dijo:

—Llévala, pero prométeme que rezarás tres padrenuestros antes de usarla, para ablandar tu furia, y un padrenuestro después, para que Dios te perdone.

Fray Rompenarices no se hizo de rogar. Corrió hacia el río, miró a un lado y a otro y, advirtiendo una hoguera que ardía junto a un roble, corrió hacia ella con la sartén en ristre. Junto a la lumbre dormían tres soldados, con tales ronquidos que no dejaban dormir a las ranas de la charca cercana.

15 *Tres sartenazos*

FRAY Rompenarices se acercó despacio a la hoguera y se escondió tras el nudoso tronco del roble. Los tres soldados dormían profundamente. El fraile se acercó despacito. Cogió la sarten, la levantó y, después de rezar un credo a San Blas y dos a San Nicolás, golpeó con mucho cariño y humildad la cabeza del primer soldado, diciendo:

—Prueba, hermano, la sartén, de parte de San Efrén.

Luego, se acercó al siguiente, que dormía con grandes ronquidos.

—Sartenazo segundo, de parte de San Facundo.

Se acercó al otro, levantó el arma y dijo:

—Sartenazo tercero, para completar el puchero.

Ninguno dijo ni mu. Ni protestó. Ni se quejó. Solamente uno levantó la cabeza y preguntó medio aturdido:

—¿Dónde estoy?

—En el cielo, con San Eloy —respondió fray Rompenarices, golpeándole por segunda vez.

El hombre no preguntó más. Cerró los ojos y se fue tras de San Eloy, que es un santo que regala rosquillas y garbanzos tostados entre los bienaventurados.

De pronto se oyeron las pisadas de un caballo y los tres ladrones se apresuraron a hacer desaparecer los cuerpos de los tres soldados. Hecho esto en un abrir y cerrar de ojos, fray Patapalo, tomando de las ramas de olivo que traían la más fuerte y nudosa, se subió corriendo al árbol. Quedaron solos fray Rompenarices y fray Tartamudo delante de la lumbre, haciendo un gran ruido de rosarios, como si fueran dos frailes peregrinos. A los pocos instantes apareció entre la espesura un oficial que llegaba de inspección montado en su caballo.

El oficial miró a aquellos dos hombres con recelo. Aquellas barbas, aquellos hábitos medio rotos, aquellas sandalias gastadas... Luego, cada vez más extrañado, preguntó:

—*Où est la sentinelle?* [1]

—Pregúnteselo a su abuelle —contestó fray Patapalo, golpeándole desde el árbol con la gruesa rama de olivo.

---

[1] ¿Dónde está el centinela?

Al ruido apareció fray Olegario, un poco alarmado por la tardanza de sus hermanos. Vio al oficial, tendido, con un chichón en la cabeza, y preguntó lleno de temor:

—¿Qué ha ocurrido?

—Que le di la paz con el olivo —respondió fray Patapalo bajando del árbol.

16 *En el cielo, con un ramo de ciruelo*

FRAY Olegario, al advertir el enorme cardenal que tenía el pobre oficial en la frente, regañó mucho a fray Patapalo y le preguntó:

—¿Con qué le has dado, hermano?

—Con esta rama de olivo que tengo en la mano.

Fray Olegario le regañó aún más, porque el olivo tiene la madera muy dura, y dijo:

—Recemos, hermanos, para que se ponga sano.

Pusiéronse de rodillas los tres ladrones y, cuando iban sólo por el primer misterio del Rosario, el oficial, medio turulato, levantó un poquito la cabeza. Fray Olegario sonrió beatíficamente y siguió rezando para que despertara de una vez. Los ladrones sonrieron también y fueron a buscar una estaca que no fuera tan dura como la del olivo. Al final se acercaron al recién resucitado. El hombre, al ver aquellas llamas y oír aquellos rezos, musitó:

—¿He llegado al cielo?

—Sí, gracias a esta rama de ciruelo.

Y fray Patapalo le sacudió fuerte, con lo que le envió por dos o tres horas al paraíso de los bienaventurados.

No había terminado de llegar el oficial francés al paraíso, cuando se oyeron voces y gritos en el río. Una barca que acababa de salir de la orilla opuesta, donde estaba acampado el ejército francés, intentaba cruzar los primeros remolinos. Una voz se oyó a lo lejos:

—¡Sentinelle, aleeeeeerte...!

—¡Estamos aquí en la pueeeeeerte...! —contestaron los ladrones muertos de risa.

Los soldados detuvieron la barca, sorprendidos por aquellas extrañas voces, y luego reemprendieron más deprisa su marcha.

Fray Olegario, que sabía mucho de guerras porque había leído un montón de libros de historia, los regañó:

—¡En la guerra hay que estar con la boca cerrada!

Los tres ladrones admiraron la gran sabiduría del anciano y se quedaron muy compungidos. Al final dijeron:

—¿Y ahora qué hacemos?

Fray Olegario se quedó pensativo un buen rato, repasando mentalmente, primero, las guerras de Aníbal; luego, las de César; luego, recorrió la guerra de los Treinta Años, y finalmente terminó con la de los Cien Años, que, por ser tan larga, le llevó más de una hora. Al final, fray Olegario dictaminó:

—No encuentro en la historia nada que nos pueda servir.

Fray Patapalo, que llevaba también un rato pensando, dijo:

—Yo no soy más que un humilde ladrón que no sabe leer ni escribir, pero, viendo con qué ganas duermen estos buenos soldados, se me ocurre una cosa.

17 El empujón

—¿QUÉ cosa?

—Pues que podrían prestarnos sus botas, sus guerreras, sus pantalones y sus gorros y con ellos podríamos pasar muy bien por soldados de Napoleón.

—Ingeniosa cosa —exclamó fray Olegario—. Y para que no nos llamen ladrones, les daremos a cambio nuestros hábitos y capuchas.

Y fray Olegario, para dar ejemplo, se acercó al oficial, que dormía como un descosido, y con mucho «pagdón mesié» y mucho «dispense vuesa merced» le quitó la guerrera, el gorro, las botas, los pantalones..., todo el uniforme, y se lo cambió por su humilde hábito de monje.

Nada más colocarse el sombrero y ajustarse la espada fray Olegario, se oyó ruido en el agua y apareció en la orilla una barca con cuatro o cinco soldados.

—*À vos ordres, mon général* —dijeron los de la barca saltando a la orilla y poniéndose más tiesos que unos palos.

Fray Olegario, que no sabía qué decir, puso una cara arrugada y feroz para asustarlos y gritó:

—¡Ya estoy hasta la coronillé, de esperar aquí, en la orillé!

Los recién llegados se pusieron más tiesos todavía, sin entender lo que les había dicho el general. Éste se enfureció más y, con gestos y medias palabras, les señaló el río y gritó:

—¡Marché, marché al campamén, que va a llegar la tormén!

Un empujón que les dieron tres extraños soldados que salieron de la espesura hizo comprender a los soldados franceses que había que obedecer deprisa porque el general tenía hoy muy malas pulgas.

A eso de medianoche una barca se deslizaba silenciosamente por las oscuras aguas del río. Una silueta inmóvil se recortaba sobre la cubierta. Otras tres, inclinadas sobre los remos, se debatían en las tinieblas con unos movimientos no muy acompasados.

La silueta que más se distinguía era la de un oficial francés con estrellas de general. Era, tal vez, demasiado viejo. Tenía la barba blanca, la espalda encorvada y las manos un poco temblorosas. Llevaba los ojos bien abiertos, clavados en la oscuridad, y el tricornio bien plantado en la cabeza. Sus manos empuñaban briosamente el sable.

Los remeros eran tres soldados de su majestad Napoleón I, aunque de majestuosos tenían bien poco. Uno, el más forzudo, llevaba las botas al revés y la guerrera mal abrochada. El otro, herido antiguamente en una pierna —que algún carpintero había cambiado por otra de madera— escupía por el colmillo cada vez que remaba, pues la barca no hacía más que dar vueltas y revueltas. Y no por la fuerza de la corriente, sino porque sus dos compañeros remaban cada uno en distinta dirección.

18 *El milagro de los dos mendigos*

¡CÓMO corría el carro en que se llevaban a San Francisco! ¡Cómo corría cuesta abajo, cargado de cestos, sacos, melones, candelabros, libros! ¡Qué saltos y brincos! ¡Qué tumbos y retumbos! A cada sacudida salía disparado un jamón, una cesta de tomates, un par de quesos, un barril de aceitunas. Y el pobre San Francisco ¡cómo iba de asustado! A punto estuvo de salir volando cuando las ruedas del carro se hundieron en un bache del camino.

Al pasar por el puente romano el carro tropezó con una piedra y diez o doce panes redondos, de los que los soldados habían robado del horno de fray Damián, ¡cataplum!, salieron disparados por el aire.

Había debajo del puente dos mendigos que se disponían a devorar dos tristes nabos asados. El más viejo, que además era ciego, bendijo los nabos y rezó:

—Padre nuestro que estás en los cielos...

El otro respondió como todos los días, aunque, la verdad, por dos tristes nabos no merecía la pena rezar una oración tan larga:

—Danos hoy nuestro pan de cada día...

Nada más decir esto, comenzaron a caer tomates, jamones, quesos y melones.

—¡Qué bueno es el Señor! Le pides pan, y mira lo que nos manda —gritó el joven.

—¡Esto es un milagro! —exclamó el ciego, que no veía, pero que sentía sobre su cabeza las ristras de chorizo, las morcillas, los tomates.

Pero cuando fue un verdadero milagro fue cuando empezaron a caer los panes. Primero uno, luego tres, luego cinco, y así hasta doce, que le hicieron doce chichones en la cabeza.

—¡Aurelio! —gritaba el ciego—. Llévame arriba, adonde el prodigio.

Los dos mendigos subieron corriendo al camino y no vieron nada prodigioso. Sólo oyeron un ruido lejano, como de un carro que se alejaba, y vieron un fraile, que no era otro que fray Perico, que subía cuesta arriba gritando:

—¡Parad, parad!

Los dos mendigos corrieron detrás de él, seguros de que el milagro se estaba produciendo por las alturas, puesto que por la pendiente rodaban los higos, llovían los garbanzos y las aceitunas, y caían cataratas de manzanas y sandías, como si alguien las lanzara desde el cielo.

—¡Milagro, milagro! —exclamaba el ciego mientras su compañero le llenaba las alforjas con aquel maná.

Al fin se toparon con fray Perico, que estaba con la lengua fuera y al borde de sus fuerzas. Había recorrido cinco kilómetros y no podía con su alma. El carro había desaparecido tras una nube de polvo y el fraile terminó derrumbándose sobre una piedra. Entre sus manos tenía una sandalia de San Francisco que acababa de recoger del suelo.

—¿Qué ha pasado? —preguntó el ciego.

—San Francisco... —balbuceó fray Perico.

—¡Ah, San Francisco! ¡Bendito sea San Francisco! ¡Qué hermosos milagros hace San Francisco!

Y los dos mendigos volvieron corriendo al puente, a recoger la extraordinaria lluvia caída del cielo gracias a la generosidad del santo pobre de las barbas. Porque una granizada de jamones, tomates y longanizas no se ve todos los días.

19 *A Salamanca*

EL carro corría ahora más tranquilo. Se veían a lo lejos las torres de la catedral vieja. San Francisco, como iba de espaldas, no veía nada. Un saco de patatas le había caído encima y casi no podía respirar. Además, un candelabro, de esos enormes que sirven para los funerales y que son más altos que un hombre, le aprisionaba un pie.

—Menos mal que soy de madera, que si no...

San Francisco iba triste. Se acordaba de sus frailes. De fray Olegario, cuando rezaba con aquella voz destemplada; de fray Sisebuto, que cantaba como un terremoto; hasta se acordaba con pena de los tres ladrones, que le robaban el cepillo todas las noches para comprar tabaco, y hasta de fray Nicanor, con su cara seria de perro pastor.

Los soldados, corre que te corre y bebe que te bebe, llegaron con su carga hasta el cerro de los Tres Ciruelos, desde el que se veían los tres tesos o montecillos de la ciudad. A un lado, San

Cristóbal; al otro, San Isidro, y más allá, Santo Tomé.

El carro entró como un torbellino por la puerta del Río, subió por la cuesta de Libreros, cruzó ante San Benito, dejó atrás Santa María de los Caballeros y llegó a la plaza de Santo Tomé.

—¡Caramba, cuánto santo! ¡Sólo faltaba yo! —pensaba San Francisco leyendo los letreros de las calles.

Nada más decir esto, el carro se atascó en una piedra junto a la fuente de Santo Tomé y los tres soldados que iban en el pescante cayeron de cabeza en el pilón, entre los ladridos de diez o doce perros que venían corriendo detrás de aquel prodigioso reguero de chorizos y morcillas.

—¡Fuera! ¡Malditos chuchos!

20 *El candelabro de bronce*

Los soldados subieron de nuevo con un genio de mil demonios al pescante, restallaron sus látigos y entraron por la puerta del patio trasero de la iglesia de Santo Tomé, que se cerró con estruendo espantando a la turba de chicuelos y ganapanes que se agolpaban a la entrada.

El sargento Monpetit, que era feo, gordo y bigotudo, mandó bajar todos los cachivaches. Un cuadro de san no sé cuántos, una virgen de san no sé qué, una casulla de seda del tiempo de Santa Águeda, un saco de avellanas, un libro gordo con unas letras que un miope las podría leer al galope, una cruz de plata con reliquias de Santa Ágata, un relicario de oro con un dedo de San Teodoro, una cesta de gallinas, y los tres anillos de las tres Santas Peregrinas: Santa Tecla, Santa Ana, Santa Catalina.

San Francisco, que estaba torcido sosteniendo con las espaldas el saco de patatas, miraba con sus ojos de cristal a Monpetit, y Monpetit miraba a San Francisco con la mosca en la oreja.

Aquellos ojos le miraban, y aquella barba... ¡Aquella barba se movía! Monpetit miró a la torre y volvió la espalda al santo con disimulo.

Al fin, después de quitar muchos trastos, jaulas y jarrones, las manos de los soldados estaban llegando al candelabro de bronce que hacía polvo el pie de San Francisco.

¡Qué alivio cuando un soldado levantó como pudo el candelabro!

Lo malo fue que se le escurrió de las manos y volvió a caer sobre el pie del pobre santo.

—¡Ay!

No dijo ¡ay!, pero estuvo a punto de hacerlo. Se contuvo de milagro, que para eso era santo, pero puso una cara extraña. La nariz arrugada, la boca torcida, los ojos haciéndole chiribitas. Monpetit pensó que el vino que había tomado de más le hacía ver visiones y fue a meter en el agua de la fuente su pelirroja cabeza.

21 *¡Cuidado con el santo!*

CUANDO Monpetit volvió, San Francisco, los cuadros, los candelabros, las reliquias de Santa Ágata, el dedo de San Teodoro y los anillos de las tres Santas Peregrinas estaban encerrados en la iglesia con siete llaves y tres candados, junto a otros tantos candelabros, santos y tesoros que habían ido llegando de los pequeños pueblos salmantinos.

Monpetit decidió pasar la noche con aquellos objetos. No quería perder ni uno. Era un buen soldado y el coronel se los había confiado con graves palabras:

—Esto es botín de guerra, y vale la sangre que hemos vertido en estos lejanos lugares —le había dicho.

—¿Y quién nos manda venir aquí? —había estado a punto de contestarle Monpetit.

Pero el coronel no le había dejado hablar y había seguido su discurso con mucho golpe de espada:

—Sobre todo tenga cuidado con ese santo de las barbas. Dicen que hace milagros, y milagro será que no nos haga alguna trastada. No lo pierda de vista.

Y no lo perdió. Monpetit, después de cenar medio jamón de los que había robado, una ristra de chorizos, medio queso, un pan y una cebolla, se acostó frente a San Francisco, después de enjuagarse la boca con largos tragos de vino. Extendió diez o doce mantas de las que había robado en el convento y se acostó encima de ellas. Se tapó con otras doce, ocultó bajo las mantas un ojo, y con el otro atisbaba el altar donde habían colocado aquella dichosa imagen.

La luz de la lamparilla hacía oscilar todo de tal manera que a los cinco minutos bailaban los santos, las columnas y las lámparas de la iglesia.

22 *Las barbas de San Francisco*

TODOS bailaban igual. ¿Oscilaba la luz de la lamparilla hacia la derecha? Todos los santos y santas oscilaban hacia la derecha. ¿Se movía la luz para la izquierda? Todos se movían para la izquierda.

—¡Parece el baile de San Vito! —murmuró Monpetit.

Luego comenzó la lamparilla a parpadear, y todos los santos, los cuadros, las columnas, las lámparas se pusieron a parpadear. Se levantaban y se agachaban, se encendían y se apagaban, subían y bajaban, se soltaban y se agarraban al mismo ritmo y al mismo son.

—¡Esto es el charlestón!

Ya se iba a dormir Monpetit, muy divertido con aquellos extraños visajes de la lámpara, cuando sus ojos se fijaron en San Francisco. ¡Qué raro! Éste iba al revés. ¿Que los demás se movían para un lado? San Francisco iba para el otro. ¿Que los demás se hacían gigantes y se estiraban? San Francisco se volvía enanito y se agachaba.

Y luegó, otra vez lo de la barba: ¡San Francisco movía la barba! ¡Sí, movía la barba! ¡Y, además, guiñaba los ojos! Y aquel brillo en la mirada...

Y aquellos ojos marrones que ardían como dos carbunclos y que le taladraban, como diciendo:

—Monpetit, levántate y llévanos de nuevo al convento.

Luego vino lo del estornudo. San Francisco estornudó y apagó la lámpara. ¡Qué miedo! ¡Qué oscuridad! Lo malo era que a través de las tinieblas se seguían viendo sus pupilas, como lucecillas de San Telmo. Monpetit se acurrucó entre las mantas y se tapó la cabeza lleno de miedo. Se oían pisadas... Se oyó un susurro:

—Monpetit, Monpetit...

San Franciscoo se acercaba, sus pies de madera hacían toc, toc, en el suelo de mármol. Monpetit se acordó del puntapié que el santo le había dado en el convento. Aunque a veces sospechaba que el golpe se lo había dado más bien el puño de algún fraile que el pie del humilde santo.

Aún se le movía una muela. Monpetit se hizo un ovillo y se persignó.

Se tapó los oídos para no oír nada y ¡plaf!

23 *El puntapié*

UN puntapié en las posaderas. ¡Un puntapié que le hizo ver las estrellas!

Monpetit se levantó de un brinco y se arrodilló tembloroso sobre las mantas. Tanteó la oscuridad y palpó unos pies. Unos pies fríos, enormes.

—*Pagdón, San Francisco, pagdón!*

—¿Qué pasa, Monpetit? —se oyó una voz.

—¡Atiza, también habla! —exclamó Monpetit aterrado.

De pronto se abrió la puerta y entraron unos soldados con grandes hachones. Metieron un par de carros recién llegados de Fuentesaúco y Cantalapiedra. A la luz de las antorchas Monpetit vio que los pies tenían botas y espuelas, y que el dueño de los pies era el coronel Pirulé, que había tropezado con él cuando venía tanteando en la oscuridad.

Dirigió la vista al altar, pero allí no estaba San Francisco. Estaba en la puerta de la sacristía, quietecito, eso sí, sin mover las barbas, como si nada hubiera pasado.

—Señor, ese santo me ha dado un patada.

—¿En dónde?

—En el trasero.

El coronel sonrió, pero se mordió el bigote. Se rascó la cabeza y dijo:

—Está bien. Por si las moscas, llevadlo abajo,

a la sala de los candados. Decidle al sacristán que os dé la llave.

Y San Francisco fue llevado en brazos de tres o cuatro soldados a los oscuros sótanos del convento, donde sólo había oscuridad y ratas y todo el misterio que los siglos van dejando en las cosas. Se corrieron los cerrojos, y las pisadas de los soldados se perdieron en la lejanía.

24 *El Zimborio y la Niña de la Peineta*

¡POBRE fray Perico! El paisaje se retorcía por las lágrimas y por el terrible calor del sol, que levantaba llamaradas de las piedras. Pero, aunque lloraba, tenía hambre. A la orilla del camino había un cebollar, y a cada lágrima que se le caía arrancaba una cebolla y se la comía. Estaba así, come que te come, cuando por la cuestecilla que acababa de dejar apareció una tartana y detrás una panda de gitanos, tres perros, una cabra y un oso.

—Buenas tardes, compadre.

Fray Perico no contestó. Se secó las lágrimas con la manga y siguió llorando. La cebolla le hacía gimotear el doble y los gitanos, al verle tan triste, le preguntaron:

—¿Qué le pasa, hermanico?

—Que me han quitado el borrico.

El gitano más viejo se le quedó mirando un buen rato, arrugó los ojos, escupió tres veces en el suelo y al final dijo:

—¿No tendría dos orejillas así, medio desprendías?

—Sí —movió la cabeza fray Perico.

—¿Y el rabillo un tanto despellejao?

—Sí.

—¿Y los ojos entre tuertos y medio nublaos?

—Sí.

—¿Y andaba que si se cae que si se levanta?

—Sí.

—¿Y no tenía algo de reúma y algo de tisi y se le caía el pelo?

—Sí.

El gitano escupió en el suelo y preguntó:

—¿Y le faltaban tres dientes y siete muelas?

—Sí.

El gitano escupió otras siete veces en el suelo, tiró el sombrero a tierra, cruzó los dedos, los besó y dijo:

—Por los huesos de mi pare, ése es Carsetín.

Fray Perico miró al gitano a través de las lágrimas y dijo:

—Me lo vendió el Zimborio.

El gitano escupió nuevamente en el suelo y gritó:

—¡El Zimborio es menda lerenda! Y éste es mi compadre, el Trompeta, y ésa mi consuegra, la Niña de la Peineta.

Fray Perico los abrazó y comenzó a llorar a moco tendido. Los gitanos, que eran cerca de cincuenta, mientras le consolaban, se sentaron a comer después de arrancar unas cuantas cebollas del cebollar. Al poco rato, con los lamentos de fray Perico y el picor de las cebollas, toda la tribu lloraba a moco tendido.

25 *La carrera de la cabra*

AL final, los gitanos se reunieron alrededor de una hoguera donde asaron patatas y un par de conejos que habían pescado por el camino. Allí, entre cebollas y patatas, decidieron ayudar a fray Perico.

—Buscaremos el burro —dijo el Zimborio.

—Y al santo de las barbas —añadió la Niña de la Peineta.

Así es que, después de agarrar un par de melones para el postre, partió la tribu camino de Salamanca.

La caravana siguió hasta el cerro de los Tres Ciruelos, y desde allí el Zimborio miró la ciudad, que ardía en numerosos puntos.

—Tú, Caneja, irás por la calle de los Milagros arriba. Tú, Cañete, tira por el monte Olivete hasta la calle de la Cerca. Yo me quedaré aquí para cuidar de la cabra.

Pero la cabra dio un topetazo y echó a correr cuesta abajo. Los gitanos corrían detrás chillando y gritando.

La cabra pasó la Casa del Portazgo sin decir hola ni pagar paso. Cruzó el puente romano, pasó la puerta del Río, siguió por la calle de Palominos, torció por la del Prior y asomó las napias en la Plaza Mayor. Cruzó la plaza a cien por hora, se metió por la calle de Zamora y llegó a Santo Tomé.

Los gitanos pasaron la Casa del Portazgo sin decir hola ni pagar ochavo. Cruzaron el puente romano, pasaron la puerta del Río y, subiendo por San Pablo, los llevó hasta la Plaza Mayor el mismísimo diablo. Cruzaron la plaza como si fueran de caza, subieron por Herreros y torcieron por Triperos hasta la calle de Santo Tomé.

Detrás salieron los franceses, corriendo tras los gitanos. Cruzaron el puente romano, entraron por puerta del Río, donde viven los judíos, y allí se armaron un lío de padre y muy señor mío. Llegaron, por el monte Olivete, a los Dementes, donde les rompieron los dientes. Después, a los Descalzos, donde recibieron cincuenta estacazos, y luego a Santo Tomás, donde ya no quisieron saber más.

26 *Las cebollas*

ESTABA San Francisco en su encierro del sótano de Santo Tomé muy triste. Bien es verdad que estaban a su lado San Buenaventura y San Pascual Bailón, pero enfrente estaba San Severo y detrás, muy serio, San Desiderio. Lo malo era el perro de San Roque, que tenía tantas pulgas que aquello era el disloque, y el gorrinillo de San Antón, que no hacía más que roncar con muy mala educación. Gracias que a San Pablo ermitaño le traía el cuervo medio pan por el ventano. Pero era muy poco pan para tanta gente y, además, hacía tres días que no abrían las tahonas y el pobre cuervo no encontraba ni una corteza.

Estaba, pues, San Francisco mirando por el ventano los tejados fronteros del palacio de Garci-Grande, cuando asomó la cabra.

Dio gracias el santo al Señor, y más cuando asomaron, junto a la cabra, que balaba como una descosida, la cara del Zimborio, la de la Niña de la Peineta y tres rostros más, oscuros y renegridos como el carbón.

—Mirad, ahí está el santo de las barbas —dijo la gitana.

—¡Qué delgadurrio está! —exclamó el Zimborio.

—Le echaremos unas cebollicas pa que no se muera de jambre.

Y el Zimborio, después de echar por el ventano seis o siete cebollas de las más pequeñas, dijo:

—Ea, San Francisco, comed estas cebollicas. Son robás, pero en estos tiempos lo que hay en el campo es de tos.

—Mejor sería sacarle de ahí y llevarle a su convento —rezongó la Niña de la Peineta.

La cabra, a todo esto, balaba y balaba, y San Francisco se sonreía viendo cómo el animal parecía decirle con su lengua áspera:

—Hola, San Francisco. He venido corriendo porque me llamabas como aquella vez en el convento.

—¡Chist! —gritó el Zimborio tapando la boca al animal con un pañuelo—. ¡Que vienen los franceses!

Y los gitanos desaparecieron en un instante. Se escondieron debajo del carro, arrastrando a la cabra, que no hacía más que decir: ¡Beee! ¡Beee!

27 *El general Olegario*

PERO volvamos a la barca, donde fray Olegario bogaba lentamente con los tres ladrones, entre las sombras, hacia unas hogueras que se entreveían a lo lejos, en la otra orilla. La lancha, después de cien obras y zozobras, llegó a la ribera. Allí aguardaban los oficiales de un batallón francés que se estaba concentrando para atacar el castillo de Calvarrasa.

Se levantaba el castillo en un pequeño cerro cortado a pico. Tenía cinco torres, y una sexta en medio, alta y enhiesta. Para los que venían de Béjar o de Piedrahíta, la torre del castillo parecía el cuello de un gallo que estuviera esperando la llegada de un feroz enemigo. De ahí que lo llamaran el castillo del Cuello del Gallo.

Pero fray Olegario no miraba el castillo, no tenía ojos más que para las hogueras, cada vez más cercanas, del ejército francés. De vez en cuando movía los labios y decía unas palabras incomprensibles que dejaban turulatos a los tres ladrones. Debían de ser palabras francesas, pues de tanto leer libracos y de tanto meter las narices en los diccionarios, fray Olegario chapurreaba no sé cuántos idiomas.

—*Merde!*

—¡Ha dicho mierda en francés! ¡Qué tío!

Y los tres ladrones iban muy orgullosos de haber entendido una palabra de aquel idioma que tan extrañamente sonaba en aquellas riberas del Tormes. Tan orgullosos, que no se dieron cuenta de que el agua terminaba, de que la barca saltaba sobre los juncos de la orilla, de que patinaba sobre la arena y de que, rema que te rema, casi llegaron a la mitad del campamento francés. Nada más tocar la orilla, los centinelas se quedaron aterrados.

—*Le général!* —gritó el cabo de guardia.

El cabo cogió la trompeta y dio un resoplido con todas sus ganas. Los soldados, que estaban en su mejor sueño, dieron un salto y brincaron de la cama. En un minuto todos estuvieron en el claro del bosque, vestidos, alineados, uniformados. Bueno... Uniformados... Al que no le faltaba un botón le faltaba una bota o no encontraba su bayoneta.

28 ¡Tirad más alto!

FRAY Olegario no hacía más que mover la cabeza y todo le parecía mal. Era un general terrible que no dejaba pasar una. A los diez minutos estaba medio campamento en los calabozos, y el otro medio cavando zanjas como locos o arrastrando los cañones de aquí para allá, apuntando a los sitios más inverosímiles.

En el castillo, el tío Carapatata, que estaba hasta las narices de que los cañonazos de los franceses entraran todo el día por la ventana de la torre del homenaje y le destrozaran la escalera y la enfermería, se asomó maravillado.

—Están locos. Parece que están cazando gorriones —exclamó.

Todo era cosa de fray Olegario, que, la espada en alto y la cara aparentando ira, no decía más que palabras terribles y órdenes extrañas:

—*Visez plus haut!*

Todos apuntaban más alto y las balas iban a las nubes.

—*Visez plus bas!*

Todos apuntaban más bajo y las balas se hincaban en el suelo.

—*Visez à gauche!*

Todos apuntaban a la izquierda y se llevaban por delante una huerta de repollos, el molino y un perro que iba tan tranquilo.

—*Visez à droite!*

Todos apuntaban a la derecha y dejaban hecho puré un campo de sandías que crecían tranquilamente detrás de un ribazo.

Los artilleros estaban hartos de tanto *visez* arriba, abajo, delante, detrás, al norte, al sur, al este y al oeste.

Ya no sabían adónde disparar. Ahora los cañonazos pasaban por encima de los torreones del castillo y caían detrás de sus torres y barbacanas.

—¡Estupendo! —exclamaba el tío Carapatata, que no comprendía cómo apuntaban tan mal los cañones franceses—. ¡Están chiflados!

Pero al final de la mañana los soldados franceses que estaban al otro lado de la fortaleza protestaron de que sus propios artilleros los estaban machacando. Fray Olegario no tuvo más remedio que cambiar el rumbo de los tiros para disimular.

—*Visez au chateau!*

Todo el mundo disparó al castillo.

29 *Disparando jamones*

FRAY Rompenarices, fray Patapalo y fray Tartamudo, por su parte, se habían apoderado de los tres cañones más importantes, que los franceses llamaban el *echaabajoparedes*, el *sitesacudonotelevantas* y el *estacazoquetedétevuelvodelrevés.*

Cuando nadie los veía, volvían los cañones y mandaban un par de polvorones al cuartel general de los franceses, que estaba tres kilómetros al sur, o a un destacamento de caballería que estaba peinando sus caballos. Bandera francesa que veían, bandera que desaparecía. Pero a media mañana fueron tales las protestas, que hubo que disparar otra vez como Dios manda a la ventana del tío Carapatata.

Fray Olegario no se amilanó. Ordenó que trasladaran el *echaabajoparedes*, el *sitesacudonotelevantas* y el *estacazoquetedétevuelvodelrevés* a las cocinas del campamento, al lado de las despensas, para disparar mejor, y desde allí comenzó a atacar la ventana de la torre principal.

—¡No tiréis balas, tirad jamones! —ordenó por lo bajo a fray Rompenarices.

¡Qué más quería fray Rompenarices! Al menor descuido de los artilleros tiraba la bala al río y ponía un jamón.

El tío Carapatata estaba encantado. Se oía un cañonazo y entraba un jamón por la ventana. Se oía otro cañonazo y entraba una ristra de chorizos. Sonaba otro y aparecía un saco de higos. Se escuchaba otro y se colaban tres de garbanzos o cinco botes de tomates. ¡Hasta un saco de sandías llegó, sólo que se estrelló en la torre principal y la puso colorada!

Los hombres del castillo, que estaban entristecidos por las privaciones, el hambre y la destrucción que hasta aquellos momentos reinaban en el recinto, se reanimaron.

Porque después de los jamones comenzaron a caer paquetes de algodón para los heridos, rollos de gasa, vendas y hasta un frasco de yodo que no se rompió de milagro. Después cayeron siete mantas y hasta una carta en la que fray Rompenarices les daba ánimos:

«Querido tío Carapatata, ¡eres un valiente! Os mandamos ahora una gallinita para que podáis comer huevos recientes».

Fray Rompenarices fue a la cocina, se trajo una gallina, la colocó en el cañón con un poquito de

pólvora, sonó un estampido y la gallina entró revoloteando por la ventana más alta del castillo.

Luego a fray Patapalo se le ocurrió mandarles café para después del postre. Y como estaba sin moler, fue a la cocina por un molinillo. Los cocineros estaban hasta el gorro de tantas entradas como hacían aquellos extraños soldados que se paseaban por la despensa como Pedro por su casa. Además, no hablaban mucho. Con sólo dos palabras, «pagdón mesié, pagdón mesié», estaban dejando la despensa con sólo los clavos de la pared.

30 *El rebuzno*

YA iba a echar a correr fray Perico cuando vio salir de la ciudad un borrico cojo. A fray Perico le dio un salto el corazón. El burro era blanquecino como Calcetín y meneaba las orejas con el mismo aire.

Cruzó el puente y, cuando llegó a lo alto de la cuesta, fray Perico vio que se trataba de un viejecillo con un asnillo flaco y cojitranco, medio tuerto y medio manco, que apenas podía soportar unas aguaderas, del movimiento que traía. Fray Perico se acercó, abrazó al burro y preguntó al dueño:

—¿Qué le pasa a su burro, amigo?

—Un poquito de «riuma».

—¿Y no tiene cura?

—¡Cómo quiere que tenga cura si le he puesto un clavo en cada pata!

—¿Un clavo?

—Sí. Cuatro clavos lleva y su poquito de sal.

El hombre añadió con mucho misterio:

—Verá, es para que no se lo lleven los franceses. «A burro cojo, nadie le echa el ojo», ¿sabe?

Fray Perico se quedó maravillado. Luego, preguntó:

—Y hablando de burros, ¿ha visto usted un burro así burriviejo como este que usted lleva?

El hombre se quedó un rato pensando y al final dijo:

—Uno he visto que iba por ahí rebuznando.

—¿Rebuznaba así?

Fray Perico tomó aire, hinchó el pecho y empezó a dar unos sonoros rebuznos. La borrica se le quedó mirando.

—Tal vez rebuznaba un poco más alto —respondió el hombre—. Así:

El viejecillo se puso las manos en la boca y rebuznó con todas sus fuerzas. La borriquilla estiró las orejas y comenzó a rebuznar también. Al final, todos los burros de la ciudad rebuznaban. Pero entre ellos, uno destacaba más que los otros.

—Ése es —gritó fray Perico—. Lo oigo, allá por el convento de las Benitas.

Y fray Perico echó a correr como un gamo mientras el viejo le gritaba:

—¡Tenga cuidado, que allí hay mucha leña! Estan ardiendo San Cayetano, el colegio del Rey y el de las Agustinaaaas...

31 *El tonel*

PERO fray Perico ya no podía oírle. Cruzó el puente, tiró hacia la izquierda y desapareció por entre los mil tendederos de la fábrica de curtidos, donde se secaban al aire libre miles y miles de pieles de ovejas y de terneros, entre una nube de moscas y avispas.

Fray Perico asomó la nariz por la puerta de los Milagros y se quedó helado. Una voz se oyó a lo lejos:

—¡Alto!

Fray Perico, en lugar de alto, dio un salto y fue a esconderse en los tendaleros. Un ejército de moscas y avispas zumbaba entre los pellejos. Un pelotón de soldados franceses bajaba por la calle de los Milagros pisando fuerte con sus botas. Unas veinte narices olfatearon el aire.

—¿Dónde se habrá escondido ese fraile?

Los soldados dispararon hacia las pieles. Las pieles quedaron agujereadas. Fray Perico, arrebujado dentro de un tonel, se llevó las manos a la frente. Sin duda, alguna bala le había atravesado. Había notado un dolor en la cabeza. Se palpó, tembloroso, la frente y una avispa salio zumbando. Fray Perico suspiró:

—Menos mal, creí que me habían matado.

Pero las pisadas de los soldados se acercaban.

—Debe de estar por aquí —decía una voz chillona.

Fray Perico se persignó, se acurrucó en el tonel y rezó.

—San Francisco, échame una mano, que me cogen.

Pero San Francisco no debió de escucharle, porque el tonel estaba lleno de pimienta, de la que usan para curtir las pieles, y a fray Perico se le arrugó la nariz y estornudó. Los soldados lo oyeron y gritaron:

—¡Ahí está! ¡Alto!

El tonel, con el vaivén del estornudo, se puso en marcha y empezó a rodar cuesta abajo, camino del río.

—¡Alto!

El tonel cogió velocidad y, dando saltos entre las cañas de cicuta y las mimbreras, fue a parar al río.

32 *El espantapájaros*

FRAY Perico asomó las narices entre los juncos. Los soldados disparaban desde arriba a los remolinos y a las burbujas que formaban las ranas al tirarse de cabeza. Fray Perico seguía rezando:

—San Francisco, otra manita.

No fue la mano de San Francisco. Fue un tronco que pasaba río abajo. Un tronco de roble negro y nudoso. Fray Perico sacó las manos con un poco de temor, pues se acordó de los terribles cocodrilos que se habían comido la pierna de fray Patapalo. El tronco se acercaba y, al fin, fray Perico logró agarrarse cuando ya no podía aguantar más.

Asido al leño, fray Perico pasó por delante de las narices de los soldados, que seguían disparando sobre el tonel furiosamente, y desapareció río abajo. Al llegar al Sendero del Caballo, unos dos kilómetros más abajo, desembarcó entre unos álamos y unos sauces llorones y se puso a secarse al sol. Fue entonces cuando pensó que era mejor librarse de aquel hábito marrón que tantos sustos le estaba ocasionando.

Miró alrededor y vio a un hombre inmóvil, con los brazos extendidos, que miraba extasiado un campo de tomates.

—Buenas tardes, amigo, ¿me puedes prestar ese pantalón viejo?

El hombre no contestó. Ni siquiera movió la cabeza.

—Debe de ser sordo.

Sólo después de algunos momentos se dio cuenta fray Perico de que aquello era un espantapájaros. Fray Perico le pidió perdón, lo cogió a hombros y lo llevó a una cabaña que había al borde del melonar. Al poco rato salió corriendo, vestido de paleto, con su gorra, su camisa, sus pantalones de pana. Miró a uno y otro lado, oyó a lo lejos la voz de los soldados y, sin pensarlo más, corrió hacia la ciudad. Cruzó la muralla por la puerta de San Bernardo y se refugió en el portal de una casa a tomar aliento.

33 *Consejo de guerra*

¡BUUUUUUM! El general francés saltó por el aire, dio cuatro volteretas y volvió a caer sobre el caballo.

El general, furioso, atizó al caballo, trepó por la ladera del monte frontero al castillo y se acercó al campamento. Fray Olegario, al verle llegar, se quedó pálido.

—¿Quién está disparando los cañones esta noche? —preguntó el general.

—Yo —contestó fray Olegario.

El general le mostró las orejas chamuscadas de su caballo, su uniforme y sus botas rotos y renegridos, la espada sin hoja, la bandera agujereada. Luego, señaló unos jamones que volaban en dirección al castillo.

—Disculpe, la culpa es mía. Como soy viejo, confundo una rana con un cangrejo.

El general francés movió la cabeza, llamó a sus soldados y gritó:

—Pues para que no vuelva a suceder, que lo fusilen al anochecer.

Los tres ladrones, que acababan de lanzar el último jamón, llegaron asustados.

—Señor, la culpa es mía —exclamó fray Rompenarices—. Como soy zurdo y tengo lombrices, se van los cañonazos a la cuesta de las Perdices.

—Perdón, señor, la culpa es mía —exclamó fray Patapalo—. Como soy cojo, disparo a una pulga y mato un piojo.

—No señor, la culpa es mía —interrumpio fray Tartamudo—. Como soy sordo, oigo una lechuza y creo que es un tordo.

El general dio media vuelta y dijo:

—Pues yo, como sé que sois espías, os fusilaré al mediodía.

Los cuatro espías fueron encerrados en una cueva bien resguardada que había junto al río.

El general se acercó y dijo:

—¿Cuál es su última voluntad?

Fray Olegario asomó la cabeza y suplicó:

—Quisiéramos que un frailecillo de esos del convento nos diese la bendición.

Al general no le pareció mal la idea y ordenó que trajesen un fraile del convento. Y no había pasado mucho tiempo cuando apareció fray Nicanor, el superior, al que casi le dio un patatús cuando reconoció a sus hermanos, llorosos, compungidos, a punto de marcharse para siempre.

34 Los últimos momentos

FRAY Nicanor les dio la bendición. Los abrazó uno por uno y, al llegar a fray Olegario, y después de llorar un buen rato, le dijo al oído:

—De pequeño yo era muy malo y revoltoso.

—¡Quién lo diría! —exclamó lloroso fray Olegario.

—Lo digo porque me conozco al dedillo todo el terreno. Ahí, al fondo de la cueva, hay un pequeño pasadizo tapado con una piedra. Removed la piedra y seguid por el túnel. Llegaréis al castillo. Que Dios os acompañe.

El general francés estaba muy conmovido con tanto abrazo y tanta despedida, y las lágrimas le caían por los ojos. El superior le consoló y le dijo:

—Guarde, señor general, las lágrimas para mañana, que le harán falta.

Apenas había partido fray Nicanor, el general Massena ordenó que llevasen la última comida a los condenados. Los cocineros les llevaron lo mejor que había en la despensa: pavo, merluza al horno y una botella de champán.

Estaban los tres ladrones comiéndose el pavo y pegándose por la pechuga cuando sonó un disparo y los tres cayeron al suelo entre gritos y lamentos.

—¡Me han herido!

—¡Me han matado!

—¡Me han agujereado!

Fray Olegario se enfadó mucho y les dijo:

—Levantaos, majaderos, ha sido el tapón del champán.

Los tres ladrones se levantaron lívidos y dijeron:

—No sé cómo tenéis ganas de champán, fray Olegario.

Fray Olegario comenzó a reírse y dijo:

—Brindad ahora mismo, porque nos vamos a escapar por la puerta trasera.

Los ladrones creyeron que fray Olegario deliraba a causa del terrible momento que les aguardaba, pero fray Olegario los llevó hacia el fondo de la cueva, señaló una piedra que había en un rincón y dijo:

—Mirad a ver si se mueve esa piedra.

—¿Estáis loco, fray Olegario?

35 *El pasadizo*

LOS tres ladrones empujaron la piedra. Mientras, fray Olegario rezaba con fervor el rosario. Enseguida la piedra cedió y los ladrones vieron un pasadizo oscuro y empinado.

—¡Milagro! —gritaron los tres ladrones arrodillándose ante fray Olegario.

—No es un milagro, es un túnel. Un túnel que lleva al castillo. Me lo dijo fray Nicanor.

Los tres ladrones daban saltos de alegría, y a punto estuvieron de meter la pata, pues abrazaron también al carcelero, que acababa de abrir la puerta para retirar la cena.

—¿Qué os pasa?

—Que estamos muy contentos.

—¿Por qué?

—Porque nos vamos.

—¿Que os vais?

—Sí, al cielo —arregló fray Olegario.

El carcelero se quedó maravillado ante tanta valentía y les trajo una caja de botellas para que lo celebraran.

—Estos hombres son magníficos, da pena fusilarlos. Para ellos, morir por su patria es una fiesta.

Los tres hombres, nada más oír cerrarse la puerta, echaron a correr hacia el pasadizo. Pero fray Olegario los contuvo y les dijo:

—Poned primero las almohadas bajo las mantas para despistar a los centinelas. Y llevaos las botellas. ¡Quién sabe si nos harán falta en el camino!

Los cuatro hombres volvieron a cerrar con la piedra la boca del túnel, con muchos esfuerzos, y después de santiguarse quince veces comenzaron a subir por aquella extraña galería. Estaba construida en la roca y sin duda la habían hecho los árabes... ¡O los cristianos en tiempos de los enanos!

Nada más subir el primer peldaño, fray Rompenarices casi se rompe las suyas al darse contra una roca que estaba casi desprendida.

—¡Aquí no se ve nada! —exclamó fray Patapalo.

—¡Si tuviéramos un mechero!

—Yo traigo uno —exclamó fray Tartamudo—. Lo que no sé es si enciende.

36 *El disparo*

FRAY Tartamudo sacó un mechero, dio a la piedra y se encendió a la primera. Era de oro y brillaba como un ascua. Fray Patapalo lo reconoció enseguida y felicitó a su compañero por haberle quitado aquel valioso recuerdo al general.

—¡Era tan bueno el general que se lo quité cuando me abrazaba!

A la tenue luz del mechero los ladrones vieron, tiradas en el suelo, unas antorchas que debían de llevar cientos de años allí. Fray Olegario encendió una y un olor pestilente le hizo estornudar.

—Vamos deprisa. A las cinco nos iban a fusilar, y ya debe de ser la hora porque canta el gallo.

—¡Qué pena que no cante una gallina! —gimió fray Rompenarices.

En efecto, se oía cantar un gallo lejano. Los hombres temblaron asustados. Siguieron unos momentos de silencio y de pronto oyeron, hacia la entrada del pasadizo, unas voces y unos gritos.

—¡Mirad! Hay luz dentro. ¡Se han escapado por aquí! —se oyó una voz.

La piedra que tapaba la entrada del pasadizo comenzó a moverse y unas cuantas cabezas asomaron por la abertura. Fray Olegario apagó la antorcha y ordenó reanudar lentamente la marcha. De pronto se oyó un estampido y un grito atronó el aire:

—¡Están armados! ¡Atrás! Me han herido.

Los franceses se replegaron.

—¿Quién ha disparado? —preguntó extrañado fray Rompenarices.

Fray Tartamudo encendió la antorcha y vio a fray Olegario con una botella de champán en la mano, de la que salía un chorro de espuma. El tapón había desaparecido y, sin duda, había ido a parar a la nariz de algún perseguidor.

Los ladrones felicitaron a fray Olegario y se bebieron la botella, que estaba casi vacía. Luego, siguieron su marcha. Una marcha que duró tres o cuatro horas, llenas de murciélagos y de telas de arañas.

La galería acababa en una escalera de caracol que subía en la penumbra. Unas piedras rodaron por la escalera produciendo un ruido hueco. Fray Olegario, que llevaba la antorcha, vio con horror que las piedras eran unas calaveras.

—¿Qué serán esas cosas que suenan?

—Cocos —dijo fray Olegario para no asustarlos.

Y siguió lentamente la ascensión.

37 La huida

¡TARARÍIII! Sonó una trompeta y el tío Zimborio entró triunfalmente en la plaza de Santo Tomé. ¡Pom, pom, pom! La tía Peineta entró golpeando un enorme pandero. Los centinelas, asustados, prepararon las armas.

—¡Alto ahí!

—¡Somos los gitanos!

El tío Zimborio colocó una pequeña escalera de tijera en medio de la plaza, dio otro trompetazo, y la cabra se encaramó de un salto en la escalera posando sus cuatro patas sobre un pequeño tarugo.

Los soldados aplaudieron a la cabra. La cabra miró alrededor con ojos de sabio griego y descendió por el otro lado de la escalera con aires de emperador romano.

¡Tararíii!

La trompeta volvió a sonar y salió un oso color café, de esos que viven en las sierras asturianas.

—¡Saluda! —gritó el Zimborio.

El oso saludó con la mano y el gitano le preguntó:

—¿Cuántas son dos y dos?

El oso bajó la cabeza cuatro veces y los soldados aplaudieron. Sonó de nuevo la trompeta, ¡tarariii!, y el oso comenzó a andar a cuatro patas. La cabra dio un salto y se subió sobre el oso; la mona dio un brinco y se subió sobre la cabra. Era estupendo. Los soldados se rompían las manos de tanto aplaudir y tiraban los morriones al aire.

—¡Viva el oso! —decían unos.

—¡Viva la cabra! —chillaban otros.

—¡Viva la mona! —gritaban los restantes.

—¡Viva yo! —vociferó el Zimborio.

Aprovechando aquella algarabía, el tío Verrugas, el Pecas y el Arrastrao se colaron por la puerta sin que ningún soldado se diera cuenta. Cruzaron el patio y desaparecieron por la escalera del sótano de la iglesia de Santo Tomé.

Aquella mañana había llegado un carro, y las puertas del almacén estaban abiertas de par en par. A lo largo del pasillo había una larga fila de imágenes de santos haciendo cola. Los gitanos las saludaron dándoles muy finamente las manos y se pusieron los primeros en la cola.

—Perdonen, amigos, pero nos jugamos el cocido —exclamó el tío Verrugas.

—Perdonen la prisa, pero se casa tía Felisa —se excusó el Pecas.

—Perdonen la cara, pero se casa tía Gaspara —dijo tranquilamente el Arrastrao.

Y, sin decir más, entraron en el oscuro almacén, cargaron con San Francisco y, después de mucho «perdone, San Elías», «perdone, San Jeremías», subieron las escaleras, salieron por la puerta y desaparecieron calle abajo cuando la mona tiraba caramelos en la plaza y había puñetazos y chichones por repartírselos.

38 *La torre del Gallo*

LA torre del Gallo, que así se llamaba la altiva torre del castillo, se caía. Cien, doscientos cañonazos habían ido desmoronando sus viejas piedras. La bandera roja y amarilla que ondeaba en lo alto estaba toda agujereada y se inclinaba como si estuviera también a punto de rendirse.

—Si se cae la bandera, pensarán los franceses que nos han vencido —dijo Casiana, la hija de la tía Fulgencia, una chica que aún no tendría los quince años.

Los mozos miraron por la ventana. La verdad es que por Casiana se podía subir a la torre y salvar la bandera. ¡Pero cualquiera era el majo que subía! ¡Los obuses caían como si fueran bellotas!

Pascasio, el hijo del tío Carapatata, no lo pensó más. Cruzó el patio enlosado y corrió escaleras arriba, cuando la lluvia de arcabuzazos era más terrible.

—¿Adónde va ese mocoso?

Pascasio no contestó. «¿Mocoso yo?», se dijo. Con los dientes apretados y con el saborcillo salado del miedo en la boca, gateó por los peldaños. Llegó a lo alto, arrancó el mástil, donde aún quedaban pegados algunos jirones rojos y amarillos, y corrió escaleras abajo entre el humo y los cascotes.

—¡Hale, Pascasio!

Las voces venían de las ventanas. Pero entre las voces Pascasio escuchó una que le encendió la sangre. Era una voz alegre y fresca que sonó a campanas dentro de sus oídos. ¡Era la voz de Casiana!

—¡Vuelve, Pascasio, vuelve aquí! ¡Que te van a matar!

—Esto no es nada —balbuceó Pascasio.

Notaba que le fallaban las fuerzas y que se le enturbiaban los ojos. Un sudor pegajoso le empapaba la camisa. Se llevó la mano al pecho y la vio llena de sangre.

«Estoy herido —pensó—, pero tengo que terminar esto.»

39 *La torre del Moro*

PASCASIO cogió de nuevo la bandera empapada en sangre y tomó el camino de la muralla oeste, hacia el solitario torreón del Moro que defendía un costado del castillo. Don Elpidio, el maestro, le gritaba:

—¡Vuelve acá, muchacho! ¡Eso es cosa de mayores!

Pascasio apretó los puños. Subió como un lagarto por las piedras del torreón del Moro y colocó en una grieta lo que aún quedaba de bandera.

Luego se quedó quieto, agarrado al asta, mientras los segundos se inmovilizaban también en el calor del mediodía.

Los ojos de Casiana traspasaban el aire incandescente. Se sentía culpable de aquella locura. Sigilosamente se separó de la ventana. Salió al patio de armas y corrió, pegada a la barbacana, hacia el torreón del Moro.

—¿Adónde va esa loca?

Casiana se dirigió hacia el revuelto montón de

piedras y gateó ligera, asegurando los pies descalzos en las grietas de los bloques.

Arriba, el aire ardía. La muchacha se arrastró entre los cascotes. A Casiana le dio un vuelco el corazón. Allí estaba Pascasio, inmóvil, la camisa ensangrentada, la cabeza inclinada hacia el talud donde se asentaba el torreón del Moro, aferradas sus manos a la bandera.

El aire estaba quieto, no se oía un susurro, no se movía una brizna de hierba. Casiana oía el latir de su propio corazón. Había llegado tarde. Ni siquiera había podido decirle a aquel pobre chico que era un valiente, el más valiente del castillo.

40 *La bandera*

No sé por qué, pero los ojos de la moza se fijaron en el brazo inerte de Pascasio, cuya mano parecía señalar hacia el fondo del barranco. Sí, su mano blanca, sin vida, señalaba hacia el talud, hacia las rocas donde se asentaba el torreón del Moro. Por allí se veían unas manchas oscuras que ascendían en silencio por las peñas.

Eran soldados franceses. Se distinguían sus morriones de pelo de gato, sus casacas azules y sus pantalones blancos. Sin duda querían tomar por sorpresa la parte más desguarnecida del castillo.

Tal vez Pascasio los había visto y sus manos habían intentado empujar la enorme piedra que aún aferraban sus dedos. Casiana los apartó delicadamente y, haciendo un esfuerzo supremo, removió el pesado sillar del torreón del Moro. Luego lo dejó resbalar y la piedra se despeñó torre abajo con estruendo.

Se oyeron unos gritos y las manchas borrosas desaparecieron entre maldiciones y juramentos.

Casiana hubiera querido gritar:

—¡Ya huyen los franceses! ¡Viva nuestra bandera!

Pero no pudo. Le atenazaba la garganta la visión del muchacho muerto, señalando hacia abajo. Solamente tuvo fuerzas para tomar la bandera y tremolarla en el aire, en aquel aire azul que parecía llamear. De todas partes del castillo se levantaron voces y gritos:

—¡Viva nuestra bandera! ¡Viva España!

Y una nube de piedras y escopetazos surgió de cada hueco.

La muchacha bajó luego los ojos hacia el cuerpo inerte de Pascasio, cuyo semblante parecía sonreír. Se inclinó hacia él, puso sus labios en sus labios y murmuró:

—Te lo has merecido por valiente.

Los cañones habían cesado. El general Massena miraba hacia el torreón del Moro, protegiéndose con las manos los ojos del sol abrasador. Sus labios se movían lentamente:

—¡Con esos soldados tan bravos va a ser difícil apoderarse del castillo!

Luego, dirigiéndose a los artilleros, ordenó con cierta pena:

—¡Apunten hacia el torreón del Moro! ¡Disparen!

Arriba, de cada piedra, de cada hueco, salía un grito:

—¡Viva Pascasio! ¡Viva Casiana! ¡Viva nuestra bandera!

41 *La sed*

¡QUÉ sed se pasaba en el castillo! Con tanto jamón, tanto tocino y tanta morcilla como entraban por las ventanas, con tanto garbanzo y judía en la despensa, no había, sin embargo, un solo sorbo de agua.

A nadie se le había ocurrido traer de su casa una tinajilla de agua, una triste botija, un cántaro. ¡Qué digo un cántaro! ¡Ni un mísero cantaracillo de agua del Tormes!

¿Y el pozo? ¿Pozo? ¡En el castillo no había pozo, ni aljibe, ni cisterna!

Por todo ello, los heridos y los enfermos se pasaban el día gritando:

—¡Agua! ¡Agua! ¡Agua!

—¡Como no pidáis vino! —murmuraba el tío Lombrices.

Pero tampoco había vino, ni vinagre, ni perrito que le ladre.

Aquella mañana el tío Carapatata se dio una vuelta por el castillo a ver si ocurría un milagro.

Y ocurrió. Porque se asomó a la ventana a ver si llovía y, ¡plaf!, una sandía le dio en su cara de patata y le pegó un susto tremendo.

Fue un milagro porque luego cayó otra, y luego un melón, y después un saco de naranjas, y siete de tomates... ¡y la que se armó!

Bebieron los enfermos y hubo dos rajas de sandía para todos y hasta un poco de aguardiente para después del postre. Pero luego siguieron cayendo más jamones, y no sé cuántas sardinas arenques, y no sé cuántos trozos de bacalao, y todo se fastidió de nuevo.

Porque ¡a ver quién era el majo que se comía un bacalao y luego no mordía hasta las piedras para quitarse la sed!

Por eso el tío Lombrices, que había perdido una pierna de un cañonazo, se levantó aquella mañana, se puso su zapatilla, cogió la que le sobraba, la tomó por el extremo de las cintas y se puso a recorrer el castillo buscando agua como un zahorí.

La zapatilla giraba como una peonza a cada salto, hasta que al llegar al centro del patio de armas dejó de girar, y el tío Lombrices dio un grito y exclamó:

—¡Aquí hay agua! ¡Coged el pico y levantad esta losa!

Y en ese momento ocurrió una cosa increíble.

Pero dejemos aquí la historia, porque tenemos que ir a la puerta de San Bernardo, donde habíamos dejado al bueno de fray Perico.

42 *Los puñetazos*

FRAY Perico subió por la calle de Arriba, bajó por la calle de Abajo y llegó a la plaza del Arzobispo. Bueno, él no sabía dónde estaba porque no sabía leer. Y aunque hubiese sabido, aquél no era día para pararse a leer carteles ni cartelones.

Se oían pepinazos por todas partes, corrían los perros desalados, pasaban hombres veloces pegados a las paredes, caballos desbocados, mujeres aterradas.

Fray Perico vio una iglesia pequeñita, la iglesia de San Blas, y corrió hacia sus escalerillas. Allí vio, a un lado de la puerta, a un pobre tullido, torcido y medio derrumbado, que pedía:

—¡Una limosnita, por el amor de Dios!

Y él se puso al otro lado de la puerta, tullido, torcido y medio derrumbado, y empezó a gritar:

—¡Otra limosnita, por el amor de Dios!

El mendigo le echó una mirada y le dijo:

—Hermano, ¿quién eres?

—Un mendigo como tú.

—No. Tú eres fray Perico, del convento de San Francisco.

—¿Y cómo lo sabes?

—Porque yo también vivo allí y soy el que hace el chocolate para el convento —contestó el primer mendigo sonriendo.

Fray Perico reparó en la voz, en los ojos hundidos, en la chepa y en la altura del mendigo y dijo:

—¡Tú eres fray Cucufate, el del chocolate! ¿Qué haces aquí?

—Hago, que busco a San Francisco y no lo encuentro. Y como los franceses andan buscando hombres para el trabajo, me he escondido aquí.

Corrió fray Perico a abrazar a fray Cucufate, pero fray Cucufate bajó la cabeza y le dijo:

—Ojo, hermano, que por allí vienen soldados franceses. Disimula, no nos lleven a cavar trincheras o a tirar de un cañón.

Y nada más decir esto, fray Cucufate le dio un puñetazo a fray Perico, y fray Perico le dio otro puñetazo más fuerte a fray Cucufate, que se tiró al suelo para disimular. Al llegar los soldados, pasaron de largo sin mirarlos siquiera, pues pensaron que eran dos mendigos que se disputaban un trozo de pan o una sardina.

Pero el capitán, que iba el último, se acercó a ellos y, después de una rápida mirada, dijo:

—Tú eres muy delgaducho y tienes los ojos hundidos. Pero tú eres fuerte y parece que sacudes bien. Ven con nosotros y sacúdele a este burro, que no está muy dispuesto a obedecer.

43 *La avispa*

EL capitán le dio una estaca a fray Perico. Le puso detrás de un asno blanco que tenía cara de pocos amigos y le dijo:

—Atiza al asno y haz que ande. Tú tienes cara de campesino, a ti te obedecerá.

Fray Perico, que llevaba la cara escondida bajo el sombrero de paja, obedeció. Levantó el palo, hizo la señal de la cruz y descargó la estaca sobre el lomo del asno. El asno recibió el palo, levantó las patas traseras, zurró un par de coces y dejó a fray Perico tendido patas arriba.

Los soldados rieron y dijeron:

—Parece que os entendéis. Este burro es un cabezota, lleva rotas tres albardas. Haz que ande ligero, pues lleva dos sacos de pólvora para echar abajo la torre de Santa Ana.

A todo esto, el burro se había comido el ala del sombrero de paja de fray Perico. Al verle la cara, el burro comenzó a rebuznar y a mover las orejas, lo cual hizo reír mucho a los soldados.

Fray Perico se dio cuenta de que aquél era Calcetín, su borrico, pero disimuló para que no lo advirtieran los franceses. Se levantó y, en lugar de darle un abrazo, como fue su primera intención, se acordó de lo que le había dicho fray Cucufate y le dio un puñetazo en el anca. Para disimular.

El burro debió comprenderlo también porque, en vez de empezar a rebuznar de alegría, levantó, también para disimular, las pezuñas, pegó otras dos coces y tiró de nuevo patas arriba a fray Perico.

Después de reírse un buen rato, los franceses continuaron su camino. Los seguía el asno, que iba ahora a buen paso, lo cual maravillaba a los soldados, que antes no habían podido moverlo ni tirando veinte de ellos de la maroma. Siguieron por la calle de la Fuentecilla y, al llegar a la calle de la Sierpe, el borrico se puso a beber en un pequeño pilón que allí había.

44 *El reguero de pólvora*

ADEMÁS del asno, bebían allí cien o doscientas avispas y otras tantas abejas, aparte de fray Perico y de todos los soldados franceses. No cabían muy bien tantos animales allí, por lo que, de pronto, uno de aquellos insectos se enfadó y dio un picotazo a Calcetín en los hocicos.

El asno dio un par de coces al aire y los dos sacos de pólvora, que debían de pesar cada uno cien kilos, saltaron por encima de su cabeza y fueron a parar al pilón.

Los franceses se quedaron lívidos, sin saber qué decir ni qué hacer. Pero el capitán, que era un hombre templado, levantó los hombros y dijo:

—Vamos otra vez a la plazuela de las Agustinas y traigamos tres sacos en lugar de dos. Que por un borrico no se va a quedar en pie la torre de Santa Ana. ¡Y menos por una avispa!

Así es que volvieron todos por el mismo camino, subieron por la calle de la Fuentecilla, pasaron ante las narices de fray Cucufate y fueron a Santa Úrsula, donde los franceses tenían un polvorín de bombas y bombones, pólvora y polvorones. Tantos como para echar diez Salamancas abajo.

Los franceses cargaron tres sacos de pólvora sobre el burro y pusieron de nuevo proa hacia el sur.

El burro iba sudando la gota gorda. Fray Perico, para aliviarlo, dio un tijeretazo a cada saco, con lo que éstos fueron dejando un largo reguero de granitos negros a lo largo de las calles.

Cruzaron frente a fray Cucufate, que seguía pidiendo en San Blas, siguieron por la calle de la Fuentecilla, apartaron el asno del agua, pues ya iba de nuevo a beber, y siguieron rumbo a Santa Ana por la calle de los Milagros.

45 *¡Cataplum!*

A todo esto, el reguero seguía y los sacos iban dejando su estela a lo largo de las calles. Lo malo fue cuando un soldado —según dicen unas crónicas—, o tal vez un viejo judío que vivía en una buhardilla de la calle de los Moros —según dicen otras—, encendió un cigarro y la cerilla fue a caer en el reguero de pólvora.

Corría éste desde el convento de Santa Úrsula hasta muy cerca ya del convento de la Penitencia y del de Santa Ana, y el fuego también corrió, como alma que lleva el diablo, desde la calle de los Moros en las dos direcciones.

Subió una por la calle de la Fuentecilla, y bajó otra por las de Raspagatos y Rabanal y llegó a la calle de los Milagros. ¡Y de milagro se salvó fray Perico! El fraile vio que el fuego se acercaba y gritó:

—¡Calcetín, la carga al suelo, que viene el diablo!

Calcetín bajó las ancas y la carga resbaló. Luego, echó a correr por la calle de la Penitencia hacia los pasadizos que llevaban hasta Santa Ana, y por allí desapareció seguido de fray Perico.

Los soldados, turulatos, sin comprender nada, recogieron los sacos y se los echaron a sus propias espaldas. Pero, ¡maldita sea!, vieron acercarse las llamas, tiraron los sacos y tomaron las de Villadiego, que debe de ser un pueblo muy distante de Salamanca.

La primera llama subió por la Fuentecilla, corrió como loca ante las narices de fray Cucufate, que sesteaba junto a la iglesia de San Blas. Siguió hacia el paseo del Campo de San Francisco, dio media vuelta a la plaza de toros y se lanzó hacia el portal del convento de Santa Úrsula, donde estaba el polvorín aquel que podía destruir diez Salamancas enteras. Se acercó a la puerta, avanzó derecho, y menos mal que un perro se puso a hacer pis encima del reguero de pólvora. Cuando el fuego llegó allí, se apagó no sin dar antes un buen susto al pobre can, que bajó la pata y echó a correr por la calle de Soria, buscando la puerta de Zamora, la que no se ganó en una hora.

46 *Morir por amor*

LA losa del patio del castillo comenzó a resonar de pronto, como si alguien estuviera golpeando por debajo. Luego, se movió como si alguien intentara alzarla y se oyeron voces y gritos.

El tío Lombrices tiró la zapatilla y salió corriendo, a saltos, con su única pierna. Los demás se quedaron con los picos en el aire pensando que era cosa del otro mundo.

Alzóse la piedra al fin y apareció una cabeza, luego otra, y otra, y así hasta cuatro cabezas de soldados franceses con sus morriones de pelo de gato y sus casacas azules.

—¡Mi tía, los enemigos!

Ya iba el tío Carapatata a darles un sartenazo, cuando una cabeza se descubrió y apareció una calva picuda y reluciente.

—¡Atiza! ¿Dónde he visto yo esa calva picuda y reluciente?

—¡Soy yo! —gritó el fraile—. ¡Soy fray Olegario! Ayudadme a salir de aquí.

Los hombres del castillo tiraron las sartenes y abrazaron a los cuatro frailes, que aún venían temblorosos por el miedo que habían pasado.

—Nos hemos salvado de milagro. Nos iban a fusilar.

El tío Carapatata ordenó que prepararan una buena comida para festejar aquel encuentro, pero de pronto se puso a llorar.

—¿Qué le pasa? —exclamó extrañado fray Olegario.

—Que he perdido a mi hijo. ¡Maldita guerra!

Los hombres del castillo contaron, ce por be, lo que había ocurrido y fray Olegario le consoló como pudo y dijo:

—Buen muchacho era el Pascasio.

—Bueno era, pero no sé qué dijo la Casiana que salió corriendo como un conejo y fue a caer allá en lo alto del torreón del Moro.

—Ha muerto por amor —exclamaron los mozos.

—Es hermoso morir por amor —exclamó fray Olegario.

—Mejor que por odio —dijeron los tres ladrones.

El tío Carapatata lloraba, y fray Olegario también, y le dijo al tío Carapatata que diría una misa sobre su tumba, aunque le cayeran encima todos los obuses de los franceses.

A todo esto, Casiana estaba lloriqueando en un rincón. El tío Carapatata se acercó, la consoló y le dijo:

—No llores, rapaza, tú no tienes la culpa. Al final serás hija mía, porque te casarás con mi Patricio, que es tan valiente como el Pascasio. Más feo sí que es, pero tiene buen corazón.

Casiana abrazó al tío Carapatata y éste continuó:

—De todas maneras, no vuelvas a abrir el pico porque, si no, el Patricio echará a correr y me lo matarán los franceses. Y ya no tengo más que el Indalecio, pero ése va a estudiar pa cura.

47 *El entierro*

EL Verrugas, el Pecas y el Arrastrao corrieron por la calle del Concejo y se metieron por los soportales de la Plaza Mayor, disimulando como podían con aquella estatua que cada vez pesaba más.

—¿De qué está hecha?

—De alcornoque debe de ser —protestaba el Pecas.

—¡Calla! ¡Del árbol del paraíso! —le regañó el Verrugas.

—¡De plomo! —rezongó el Arrastrao, que llevaba una pierna a rastras y no podía con su alma.

A todo esto, los soldados que subían los miraban con recelo, pensando que estaban haciendo alguna fechoría, y los gitanos no sabían cómo llevar la estatua, que habían cubierto con una manta.

—¿Por qué no la llevamos en procesión?

—Sí, para que nos sigan todas las beatas de Salamanca y se den cuenta los franceses.

Un gitano, el Escupío, salió de detrás de una columna y dijo:

—De parte del Zimborio, que lo llevéis de entierro.

Pararon los tres gitanos, se miraron y pensaron que era una idea muy sabia. Así es que tumbaron la imagen en el suelo, la cubrieron con la manta y, cogiendo dos por la peana y otros dos de los hombros, siguieron su camino. Iban detrás la tía Peineta, que había dejado la cabra al cuidado de Zimborio, y junto con la Arriñoná se pusieron a llorar detrás de la comitiva.

Fue buena idea, porque había así de difuntos

por las calles. Los llevaban en tristes duelos, pues no había salmantino que no hubiera perdido un padre o un hijo o un deudo en aquella maldita guerra.

Pasó el cortejo por la plaza de la Verdura y allí, al saber que el carro de los gitanos había partido hacia el puente, siguió por la calle de la Rúa y la de Libreros con unos lloros que partían el alma.

El que más lloraba era el Escupío, porque se echaba saliva en los ojos y decía:

—¡Ay, amigo Francisco, y qué fin has tenido!

48 *La rana*

SE quitaban los franceses el morrión, porque eran muy educados, y miraban al suelo comprendiendo que ellos y sólo ellos habían traído la muerte a aquella honrada familia. Otra que lloraba mucho era la Niña de la Peineta. Estaba acostumbrada a alquilarse como llorona en todos los entierros y lo hacía muy bien, tirándose de los cabellos, abrazándose al cadáver, dando unos gritos desgarradores y dejándose caer en el suelo como muerta de dolor y de pena.

Con este procedimiento la caravana cruzó sin tropiezo la ciudad y llegó hasta el patio de las Escuelas, de la famosa universidad, y allí, desgraciadamente, como siempre, el tío Verrugas quiso hacer gala de sus grandes conocimientos. Porque, nada más llegar, y antes de cruzar la plaza siguiendo la calle, dejó el «entierro» a un lado, pegado a la pared, y se fue hacia la retorcida fachada a jugarse diez pavos a la rana.

Estaba la rana oculta donde siempre, y el Arrastrao, dirigiéndose al Pecas, que jamás había estado en Salamanca, le apostó diez pavos a que no encontraba una rana que estaba allí, en aquella balumba de adornos de piedra.

Acercósele al oído el Verrugas y, pidiéndole la mitad de las ganancias, le señaló en un descuido dónde estaba la rana. El Pecas se ganó los diez pavos, y el Verrugas un puñetazo por haberle soplado dónde se hallaba el dichoso batracio.

Contestó el Verrugas con otro puñetazo y, mientras la batalla se generalizaba, pasó por allí un mendigo de los de verdad, de ésos de sombrero picudo y manta mugrienta, que vio la ocasión de ganarse unas monedas. Se acercó a las viudas y, al ver que se habían olvidado del difunto, pues charlaban por los codos, le picó la curiosidad y echó un vistazo al bulto.

—Muy rico debe de ser, pues no le lloran. Estarán discutiendo sobre su herencia.

49 *La calle de Tentenecio*

SE acercó, apartó la manta, miróle el semblante y casi se desmaya.

—¡Atiza, si está vivo!

Los ojos abiertos de cristal y la boca sonriente del santo pareciéronle al mendigo los de un hombre lleno de vida.

El Arrastrao, al verle curiosear, pensó que no había peor guardador de secretos que un pordiosero, pues tiene hermanos y corresponsales en todos los puentes, caminos, encrucijadas, cárceles, posadas y mercadillos del mundo.

Así que corrió hasta él y le preguntó:

—¿Qué has visto?

—Que esto no es un muerto. Debe de ser una de esas estatuas que los franceses birlan en las aldeas y llevan por ahí, de la ceca a la meca.

—¿Te has fijado bien?

El pordiosero levantó de nuevo la manta, acercó la cara para ver bien y el gitano le golpeó la cabeza contra la dura madera diciendo:

—Toma un talabartazo, por curioso y entrometido. Y acuérdate de aquel otro que un pordiosero como tú le dio a Lazarillo hace cuatro siglos. Si hubieras sido ciego como él, te lo hubieras ahorrado.

El hombre no dijo nada. Cayó a un lado viendo las estrellas en compañía de todos los santos. Entonces los gitanos, dejándole al lado una botella de vino para que todo el mundo pensara que su dolencia le venía del mosto, tomaron de nuevo al santo y siguieron su camino. Cortaron por las calles del Ave María y del Padre Nuestro y siguieron por la de Tentenecio, nombre que recuerda que para entrar en la docta universidad de Salamanca hay que saber un pelo más que el diablo. Salieron después por la puerta del Río camino del puente romano y de la Casa del Portazgo. Allí los guardianes, al ver la comitiva, salieron a presentar armas, pero con la mosca en la oreja, pues el camino del cementerio estaba dos kilómetros más arriba. Aunque, claro, en la guerra cualquier lugar es bueno para enterrar a los muertos.

50 *El convento de la Penitencia*

FRAY Perico llegó al convento de la Penitencia y llamó a la puerta. ¡Que si quieres! Caían los morteros, sonaban las bombas, se derrumbaban las paredes, se estrellaban las tejas... ¡Como para que se oyesen los aldabonazos de la vieja puerta de la Penitencia!

¡Pom! ¡Pom! ¡Pom!

Pero nada...

De pronto, un obús que no se sabía de dónde venía silbó en el aire y enfiló el morro hacia una valla que se alzaba unos metros más allá. Se oyó un estruendo espantoso y un boquete como de dos metros surgió ante los ojos atónitos de fray Perico.

—¡Ya nos han abierto! Vamos a entrar.

Entró fray Perico por aquel boquete tirando del asno, y apareció ante sus ojos la huerta del convento llena de zanjas y trincheras, con los árboles talados, los frutos por el suelo, los heridos por todos lados, y una nube de plomo y de fuego lloviendo sin parar. Y gritos, ayes, vivas y mueras que ponían la carne de gallina.

—Así de asquerosa es siempre la guerra, Calcetín —exclamó fray Perico.

El burro no dijo nada, bajó las orejas tristemente como diciendo: «No todo va a ser Pascua. Nos ha llegado el tiempo de la penitencia y hay que resignarse». Luego, siguió a fray Perico hasta la cocina del convento, donde los ayes eran mayores, pues no había rincón en donde no se oyera un grito, un quejido o un ¡ay! lastimero.

Fray Perico se remangó las mangas y comenzó, sin que nadie le dijera nada, a acarrear agua desde el estanque. Puso al borrico a dar vueltas a la noria, amasó pan, retiró escombros y ayudó a bien morir a no sé cuántos heridos que se iban de esta vida porque en ella ya habían dado todo lo que podían.

Fray Perico les aseguraba que San Francisco los esperaba en el cielo. Y así debía de ser, pues todos morían con la sonrisa en los labios.

51 *Arde la ciudad*

POR la tarde, cuando amainó el ataque de los franceses, fray Perico subió con Calcetín a la torre de Santa Ana. La torre era altísima y dominaba la parte oeste de la ciudad. Desde allí se veían los conventos cercanos, que retemblaban con los cañonazos de los franceses.

Ardían los Verdes, las Agustinas Calzadas, San Cayetano, el Colegio del Rey… Cerca, cerquita, humeaban las ruinas de San Juan, los Ángeles, San Roque. Y había tantos conventos ardiendo en pocos metros a la redonda que el borrico comenzó a llorar, no se sabe si por el humo o por la pena de ver aquella pobre ciudad, hecha de amor y de piedra amarilla, martirizada sin saber por qué.

—Ánimo, Calcetín, que esto no va a durar mucho —le decía fray Perico.

Mientras bajaban por las ventanas de la torre que daban a los cuatro puntos cardinales, fray Perico pasó lista a las edificaciones que sucumbían por el ataque de la artillería francesa: el colegio de la Magdalena, el Colegio Mayor de Oviedo, el convento de los Mercedarios, el Colegio Mayor de Cuenca, el barrio de las Peñuelas... ¿Para qué seguir? Allá a lo lejos aún se veían más fuegos y humaredas.

Al sur, la antigua catedral de Santa María la Blanca; un poco más lejos, los frailes Mostenses, y siguiendo la muralla, otro fuego en los Carmelitas Calzados.

—Lo mismo da que sean calzados que descalzos —murmuró fray Perico.

Era verdad; unos metros más allá, detrás de la casa de Dementes, surgían llamaradas y estampidos. Era el convento de los Mercedarios Descalzos que ardía por los cuatro costados.

—¿Nos vamos? —preguntó el fraile.

El borrico movió la cabeza diciendo que no. Fray Perico lo abrazó. Por el boquete de la tapia entraba una caravana de heridos y fray Perico comprendió que su puesto estaba allí, remediando las penas y tristezas de aquellos pobres hermanos.

52 *El campamento gitano*

LOS franceses, que estaban moscas, pues habían oído que la milagrosa imagen de San Francisco la habían robado unos gitanos, siguieron detrás de la comitiva.

Los gitanos que formaban el entierro tomaron la carretera de Ciudad Rodrigo y, nada más subir el alto, y aprovechando que los franceses se detenían en la posada a echar un trago, disolvieron el duelo detrás de unas zarzas.

Allí esperaban el carro del tío Zimborio y otros muchos gitanos. Como el día declinaba, las sombras se hacían espesas y estaba prohibido andar por despoblado al ponerse el sol, los gitanos subieron la imagen al carro y salieron a todo trote hacia Ciudad Rodrigo, guiados, sin duda, por San Francisco, que debió de limpiar de franceses la vereda que llevaba a la ciudad episcopal.

Allí, a las afueras, había una mina abandonada, donde los gitanos tenían un campamento. En él se reunían una vez al año los gitanos portugueses y los castellanos para tratar de negocios de mulas y cacharros y de sus chalaneos. Allí concertaban también sus bodas y administraban justicia.

Fueron acogidos ante la gran hoguera por el gitano Ribeiro, jefe de la gitanería del Algarbe.

Durante un buen tiempo, San Francisco encontraría refugio entre aquellas buenas gentes y sólo regresaría al convento al terminar la guerra.

Pero volvamos a los torreones del castillo para ver lo que les ha ocurrido al tío Carapatata y a los heroicos defensores del recinto.

53 *Por santa obediencia*

FRAY Olegario, después de comer, pidió agua. El tío Carapatata tosió una vez o dos, se levantó, bajó al sótano del castillo, subió al torreón, se metió en la despensa, salió de la despensa y se presentó de nuevo en el comedor, donde fray Olegario y los tres ladrones esperaban con la mosca en la oreja y la sed en los labios.

—No hay agua —dijo el tío Carapatata.

—¡Que traigan vino! —exclamaron contentos los tres ladrones.

El tío Carapatata se rascó la cabeza y, después de mucho titubeo, se decidió a hablar. Les dijo que la situación era terrible, que él no temía a las balas, ni a las piedras que se venían abajo, ni a la falta de sueño. ¡Ni siquiera a la muerte!

—¡Lo malo es la sed! ¡Se mueren hasta las ratas!

—Pues yo he visto una, y bien gorda que estaba —exclamó fray Rompenarices.

Tan terrible era la situación que los hombres andaban de acá para allá como sonámbulos. A veces dejaban los puestos de guardia y se iban a buscar agua. Se arrastraban por el suelo del patio cuando el sol caía a plomo, y escarbaban entre las piedras.

Fray Olegario estuvo mucho tiempo rascándose los pocos pelos que tenía en la cabeza y al final dijo:

—¿Tú has visto una rata, fray Rompenarices?

El ladrón bajó la cabeza y no sabía cómo contestar.

—Por santa obediencia, hermano: ¿es cierto que has visto una rata?

El ladrón se puso muy colorado y dijo:

—Por santa obediencia responderé. No he visto una rata... He visto cinco o seis. No quería decirlo por no asustar a Casiana.

Casiana se asustó, pero lo disimuló. Fray Olegario se puso muy contento y dijo:

—¿Y dónde la viste?

—Allá, en el sótano de la torre.

—Pues si hay ratas, es que hay agua. Ahora recuerdo que el padre Nicanor me dijo alguna vez que en el sótano hay una galería en la que se puede oír pasar el agua del río.

54 *Buscando una paloma*

Bajaron todos como locos por las inacabables escaleras llenas de murciélagos y de oscuridad, y al final encontraron unas losas enormes. Pero no había resquicio alguno ni se escuchaba otra cosa más que los lejanos zumbidos de los cañones.

Fray Olegario, mientras subía, se volvió a rascar la cabeza:

—¿Tenemos alguna paloma en el castillo? —preguntó.

—No —dijo el tío Carapatata—. Aquí no ha quedado bicho viviente.

Fray Patapalo se puso muy colorado y dijo:

—Yo, cuando lo del árbol, cogí no una paloma, pero sí un arrendajo. Confieso, padre, que lo cogí para comérmelo. Pero...

—Pero ¿qué?

—Pues que lo cuidé hasta que se curó, y ahora preferiría morirme de hambre antes de comérmelo.

Fray Olegario perdonó al ladrón, luego le bendijo y, de penitencia, le pidió el arrendajo.

—Le ataremos un mensaje en el cuello. Estoy seguro de que volverá al convento. Una vez allí, tal vez lo vea fray Nicanor o algún otro fraile que aún quede en el monasterio.

Fray Olegario comenzó a escribir con mano temblorosa una pequeña misiva con su letra picuda que ni él mismo entendía:

«Agua...», empezó a escribir.

Pero no pudo seguir. Un obús que entró por la ventana se llevó la pluma y el tintero. Fray Olegario sonrió y dijo:

—Está visto que jamás podré escribir dos palabras seguidas. Siempre llega un obús y se lleva la pluma. Pero creo que con esta sola palabra entenderá fray Nicanor.

Pero entonces, de improviso, el ave se escapó. Salió zumbando por una tronera de la torre cuando estaban preparando la cuerda para atarle al cuello la misiva. Fray Patapalo dio un puñetazo en la mesa y gritó:

—¡Maldita sea! ¡Se escapó el dichoso pajarraco! ¿Cómo se van a enterar en el convento de lo que aquí pasa?

55 El arrendajo

MIENTRAS los tres ladrones se pegaban, echándose la culpa unos a otros, el arrendajo llegó al convento y fue a posarse encima del púlpito. Fray Nicanor, fray Bautista, fray Baldomero y otros frailes rezaban como unos descosidos delante de la Virgen.

Iban a decir amén, pues acababan de terminar vísperas, unas oraciones que se rezan al atardecer, cuando el ave se posó y miró a los tres frailes.

—¡Atiza, una golondrina! —dijo fray Procopio.

—Es un tordo —aclaró fray Nicanor.

—No, una abubilla —corrigió fray Baldomero.

El pájaro, a todo esto, esponjó las plumas e hizo algo que dejó a los frailes turulatos: abrió el pico y dijo con voz casi humana:

—¡Agua!

—¡Ha dicho agua! —exclamó fray Simplón.

—Claro, es uno de esos pajarracos..., ¿cómo se llaman?... ¡Arrendajos! Hablan como si tuvieran boca.

—Se llaman grajos.

—Bueno, es igual. Estos bichos repiten lo que oyen.

A todo esto, el animal echó un vuelo y fue a posarse en la pila del agua bendita. Hundió el pico en el agua y se puso a beber ansiosamente.

—¡Atiza! ¡A ese pájaro lo conozco yo! —exclamó fray Simplón, maravillado.

—¿Sí?

—Lo conozco por el ala chamuscada. Fray Patapalo lo cogió aquel día en que cayó el obús en el árbol.

—¿Es posible? —exclamó fray Nicanor.

—Lo cogería para comérselo —murmuró fray Ezequiel tristemente—. ¡El pobre fray Patapalo siempre tiene más hambre...!

56 *Dios te salve, María*

A todo esto, el ave, tal vez porque todo el mundo la estaba mirando o porque tenía la dichosa palabra metida en el cerebro, repitió:

—¡Agua!

Fray Nicanor, que siempre estaba muy serio y que no se emocionaba por nada, comenzó a temblar y dijo:

—Si lo cogió fray Patapalo y fray Patapalo está en el castillo, es que el pájaro viene de allí.

Fray Ezequiel movió la cabeza y exclamó:

—¡Claro! Y si el pájaro está sediento, es porque en el castillo no hay agua.

—¡Sí hay agua! —cortó de pronto fray Nicanor—. ¡Claro que hay agua! Yo sé dónde hay un pozo en los sótanos del castillo.

Fray Nicanor no lo pensó dos veces: se levantó, hizo una reverencia a la Virgen, abrió la puerta y dijo:

—Enseguida vuelvo, hermanos.

Y desapareció dando un portazo que sonó en los oídos de los frailes a dulce música celestial.

57 *Fray Nicanor*

LA verdad es que no sé cómo fray Nicanor llegó al pie del torreón del Moro, ni cómo pasó delante de los bigotes de diez o doce centinelas franceses, ni sé cómo cruzó el río sin caerse de cabeza, ni cómo no le mordieron los perros del molinero, que llevaban diez meses sin amo y sin comida y eran feroces como lobos...

No lo sé. La cosa es que, al llegar al pie del torreón, miró hacia arriba, se persignó, se quitó las sandalias, se remangó los hábitos, se echó saliva en las manos y dijo:

—Subiré trepando por las piedras como cuando era chico. Lo malo es que tengo veinte años en cada pata.

Y la cosa es que subió. Bueno, subió... Al llegar a la mitad, el torreón se le vino encima.

Bueno, el torreón no, sólo una o dos piedras que se desprendieron al poner el pie el fraile y que cayeron con un ruido que parecía el fin del mundo.

No sé si fue San Francisco, que velaba de lejos, o el Señor, que no quería más duelos, o la buena suerte, o el tronco de una higuera que crecía sobre su cabeza y a la cual pudo agarrarse, pero fray Nicanor se libró de milagro.

¡Qué gritos fray Olegario! ¡Qué abrazos los tres ladrones! ¡Qué alegría en todo el castillo al aparecer fray Nicanor, como si fuera un ángel llovido del cielo, en el comedor, donde cenaban unos cuantos garbanzos duros tostados en el fuego!

58 *El caldero*

Y hubo agua. Claro que hubo agua. Fray Nicanor la encontró, bajando y subiendo escaleras, detrás de una puertecilla que nadie había visto. Allá abajo había una sala enorme, y en la sala, llena de murciélagos, un brocal medio hundido donde sonaba un arroyo que se despeñaba por las entrañas del monte.

—Ahora sólo nos faltan una soga y un caldero —dijo fray Patapalo.

—Conseguirlos sería otro milagro —se rascó la cabeza fray Rompenarices—. Pero ya son demasiados milagros.

—No harán falta más milagros. Dejad en paz a San Francisco —rió fray Tartamudo—. Allá en el campamento francés vi yo cuerdas y cubos muy a propósito para este pozo. Iremos por ellos.

—Iremos —dijo fray Rompenarices abrochándose los botones de la guerrera.

—*Nous allons por el calderón,* ¿no se dice así? —preguntó fray Tartamudo.

Fray Olegario se sonrió y dijo:

—Poco más o menos. Pero tened cuidado. Será mejor que no abráis el pico.

Y fray Olegario, que no estaba ya para muchos trotes, subió los cien escalones que subían a lo alto de la torre del homenaje para escribir aquella última hazaña de fray Nicanor. Pero no lo pudo hacer: llegó un obús y, ¡cataplum!, se llevó el libro por los aires.

59 *El retorno*

POR eso no la escribió, ni escribió la de los tres ladrones que fueron por la soga, ni lo que le ocurrió a fray Perico en el convento de la Penitencia, ni cómo San Francisco, triste por estar tan lejos de los frailes, se volvió por la carretera de Ciudad Rodrigo, montado en un caballo.

Bueno, Él no se volvió. Lo trajo el famoso guerrillero charro Julián Sánchez, acompañado por cien jinetes de su cuadrilla y por no sé cuántos gitanos del Algarbe.

En el pajar de fray Pascual lo escondieron entre montones de heno y desde allí cuidó de sus frailes durante el resto de la guerra. Aunque de vez en cuando estornudaba cuando alguna pajilla se le metía en la nariz.

Sólo le quedó a fray Olegario una hoja en blanco, y la guardó cuidadosamente para el día en que acabara la guerra.

Por eso, la tarde en que sonó el cornetín de retirada y las tropas francesas abandonaron la ciudad de Salamanca, fray Olegario sacó su hoja y comenzó a escribir el último capítulo.

¡Cómo corría la pluma cuando el fraile vio abrirse de par en par las puertas del convento! Sonaban las campanas, y la gente del pueblo llegaba en procesión hasta el pajar de fray Pascual. Apartaron el heno y apareció San Francisco sonriente, un poco más delgado, algunas hebras de plata en sus barbas.

Arrugó un poco las narices, porque estaba a punto de estornudar, pero se contuvo. Luego, lo llevaron hasta su altar y allí lo colocaron y allí se rezó la salve como si nada hubiera ocurrido.

60 Todos juntos

¡CÓMO sonaba el órgano de fray Bautista! ¡Cómo corrían los ratones asomándose por los siete tubos!

Desde todos los rincones del convento llegaba un ruidillo familiar. San Francisco miraba desde la ventana y veía el humo de la fragua de fray Sisebuto, y el del tejar de fray Gaspar, y el oloroso del chocolate de fray Cucufate. Por allá, fray Ezequiel corría detrás de un enjambre de abejas, que llegaban zumbando para anidar en el abejar del convento.

En la huerta, la azadilla de fray Mamerto mordía de nuevo la tierra. De la cocina llegaba la voz ronca de fray Pirulero, que se acompañaba con el almirez, y en el corral sonaba la voz estentórea de fray Pascual, acompañada de las dos únicas gallinas que habían quedado.

Todas, todas las voces y ruidos del convento cantaban aquella tarde. Las únicas que no se oían eran la voz de la noria, con su chirrido de hierro viejo, ni la voz un poco gangosa de fray Perico.

A San Francisco se le iluminó de pronto el rostro: por allá lejos llegaba un frailecillo. Era fray Perico. Venía cojeando un poco, como siempre, por culpa de aquel dichoso juanete.

Al pasar por la puerta, fray Perico empezó a cantar con su voz quebrada que tantos gallos soltaba.

—¡Ya está aquí! —exclamó San Francisco.

Y luego, cuando se oyeron, un poco más lejos, los rebuznos del borrico, San Francisco sonrió y murmuró:

—Ya estamos todos. ¡Uf, lo que me ha costado!

Índice

1 La siesta 7
2 ¡Que se llevan a San Francisco! 9
3 El castillo 12
4 ¡Sin padre! 14
5 Adiós al borrico 18
6 Dos ladrones y uno más 22
7 Siguen los ronquidos 25
8 La sartén 28
9 Las lentejas 31
10 Zafarrancho de combate 33
11 Las aves de San Francisco 36
12 El obús 38
13 De dos en dos 40
14 El árbol de la paz 43
15 Tres sartenazos 45
16 En el cielo, con un ramo de ciruelo 48
17 El empujón 51
18 El milagro de los dos mendigos 55
19 A Salamanca 58
20 El candelabro de bronce 60
21 ¡Cuidado con el santo! 62
22 Las barbas de San Francisco 64
23 El puntapié 67
24 El Zimborio y la Niña de la Peineta 70
25 La carrera de la cabra 73
26 Las cebollas 75
27 El general Olegario 77
28 ¡Tirad más alto! 79

29 *Disparando jamones* 81
30 *El rebuzno* 85
31 *El tonel* 87
32 *El espantapájaros* 89
33 *Consejo de guerra* 91
34 *Los últimos momentos* 93
35 *El pasadizo* 95
36 *El disparo* 97
37 *La huida* 101
38 *La torre del Gallo* 104
39 *La torre del Moro* 106
40 *La bandera* 108
41 *La sed* 111
42 *Los puñetazos* 114
43 *La avispa* 117
44 *El reguero de pólvora* 120
45 *¡Cataplum!* 122
46 *Morir por amor* 124
47 *El entierro* 127
48 *La rana* 130
49 *La calle de Tentenecio* 132
50 *El convento de la Penitencia* 134
51 *Arde la ciudad* 136
52 *El campamento gitano* 138
53 *Por santa obediencia* 140
54 *Buscando una paloma* 142
55 *El arrendajo* 144
56 *Dios te salve, María* 146
57 *Fray Nicanor* 148
58 *El caldero* 150
59 *El retorno* 152
60 *Todos juntos* 154